图书在版编目（CIP）数据

中国杂文百部．当代部分．第 6 卷．当代合集之八/ 刘成信主编；耿法等著．—— 长春：吉林出版集团股份有限公司，2013.6

ISBN 978-7-5534-1644-1

Ⅰ．①中… Ⅱ．①刘…②马… Ⅲ．①杂文集—中国—当代Ⅳ．①I26

中国版本图书馆 CIP 数据核字（2013）第 203855 号

当代合集之八
DANGDAI HEJI ZHI BA

出 版 人	吴文阁
作　 者	耿 法 等
主　 编	刘成信
责任编辑	金方建
封面设计	梁文强
开　 本	650 mm × 950 mm　1/16
字　 数	80 千字
印　 张	12
版　 次	2013 年 6 月第 1 版
印　 次	2020 年 5 月第 1 版第 3 次印刷
出　 版	吉林出版集团股份有限公司
发　 行	吉林音像出版社有限责任公司
	吉林北方卡通漫画有限责任公司
地　 址	长春市泰来街1825号　邮　编　130062
电　 话	总编办　0431-86012893　发行科　0431-86012770
印　 刷	三河市华晨印务有限公司

ISBN 978-7-5534-1644-1-02　　　定　价　28.50 元

版权所有　侵权必究　举报电话：0431-86012893

《中国杂文》(百部)
总　序

刘成信

一

　　人类的文学艺术,源远流长,丰富多彩。随着社会的推进、发展,其分门别类日益精细——从最初的歌曲、舞蹈、神话、故事等逐步演绎出诗、散文、小说、戏曲。直到二十世纪初,科学技术与文学艺术融合,又有了电影、电视剧等。

　　有一种文学艺术虽然在中国问世两千余年,由于后人未给予"名分",以致到二十世纪初,才从文学艺术谱系中分野出来,这就是古老而年轻的杂文。

　　人类和自然界大体都遵循适者生存的法则萌芽、生长与消弭。两千多年来,杂文本应与小说、诗、散文、戏剧、音乐、电影等姊妹艺术一道,繁花似锦、根深叶茂。然而,它没有像先贤们渴望的那样,而是纤弱的,时生时灭,时有时无,同其他汗牛充栋的文学艺术作品相去甚远。

二

　　时序到1915年,中华文学艺术宝库迎来新曙光,一个精灵出现了——杂文在多灾多难的中华大地,被一些先知先觉的知识分子接受了!

杂文这个新成员一俟来到华夏，其特性便与众不同——首先是符合社会发展规律，它主张顺应历史潮流。它不重复生活，不还原历史，不演绎过去，而最突出的展示将来，预期社会走势，判断人间是非。

杂文一俟来到华夏，便告之，它向往和平、民主、科学、自由、平等、人道、富裕及真善美；杂文憎恶专制、昏聩、愚昧、野蛮、特权、贪婪、奴性、虚伪及假恶丑。杂文与其他文学艺术既相通又有自己的特性。

杂文一俟来到华夏，就融于文学大家族，与各种文学艺术形成天然的血肉联系。它不像小说那样刻画人物，而是粗线条勾勒人与事；它不像诗、散文等那样纤细、抒情，而是明白如话，开诚布公。但杂文能够调动各种姊妹艺术如寓言、故事、说唱、戏曲、元杂剧等"为我所用"。

杂文一俟来到华夏，它就友好地"拿来"社会科学乃至自然科学的多种文化元素。它不是政治学，但只有不迷失政治选择，才能解析身边社会的变数；杂文不是社会学，但只有掌握瞬息万变的时代脉搏，才能适应人间丛林法则；杂文不是历史学，但人总应拨开历史雾障，略知历史长河的走向；杂文不是生理学不是心理学，但它能解剖人性、解读人生，理顺人际关系；杂文不是方法论，但它无处不闪烁着思想方法的光芒；杂文不是文艺学，但它评价文艺现象既深刻又形象；杂文不是美学，但每篇优秀杂文无不抨击假恶丑，无不向往美、赞扬美……

理解杂文、认识杂文,才能与杂文为友,才懂得杂文的大爱。杂文真的是半部百科全书。

三

杂文打捞历史风尘,知耻近乎勇。杂文对于文化批判,社会批判,历史批判,人性批判,世世代代惹来不知多少是非。

嫉妒杂文、讨厌杂文者,甚至欲将杂文从百花园中斩草除根,所以,杂文往往难以长成大树,多少代都不能像其他文学艺术那般枝繁叶茂。有人说杂文偏激,有人说杂文片面,有人说杂文招惹是非,更有人对杂文产生各种各样的误解。以至于把杂文称为乌鸦,恨不得把一切不祥之物都推到杂文身上。

杂文,曾为作者"惹"下多少祸根,有人曾因杂文葬送自己的大好前途,多少代杂文人曾为自己带来难以洗清的污秽。

然而,实践证明,杂文确能为民众造福,世世代代多少志士仁人,曾为杂文洗刷了一切不实之词,它为人们启蒙,越来越受人们欢迎。

四

本书作者共计三百八十位,分当代、现代、历代。

我们试图把1915年《新青年》"随想录"诞生前的杂文划为历代,1915年到1949年划为现代,从1949年到当今划为当代。

1915年"随想录"之前称之为杂文,主要是根据作品性质、特点,而不是按刘勰在《文心雕龙》所谈的"杂文"。

当代作家选五十位,每人一部杂文,五十篇左右。另有合集十部,每部二十几位作家,共二百多位作家,四百多篇作品;现代作家二十位,每位五十篇杂文,七万多字,另有四十多位杂文作家,十部合集;最后选七十多位历代杂文作家,均为合集,每篇作品都有注解、题解、古文今译。

当代五十位杂文作家大体是根据五点遴选的。

一、杂文创作时间超过二十年;二、曾创作有影响的杂文作品在三十篇以上;三、曾创作经典性杂文作品;四、作品强调思想倾向的同时,艺术性也不为之忽视;五、曾在国内组织带领作家创作杂文卓有成就者。

二十多年来,我曾在助手们协助下选编各种版本杂文集五十余部,选编如此大型杂文丛书,对我是一种尝试,深知其难度。这部《中国杂文》(百部)整整花费我四年时间。杂文作品浩如烟海,读数百册杂文集、数百万篇杂文作品,难免挂一漏万,特别是这部大型丛书在国内尚无参照系,错讹在所难免,恭请诸位指正。

选编者 2012 年 11 月 10 日
于长春杂文选刊杂志社

目录

耿 法
中美合作所的历史真相　1
贾府的茄子　4

陈 原
我是不是人（节选）　7

朱 辉
一个人死了　16

刘诚龙
冬烘先生对三顾茅庐的体制研究　18
狐假虎威之官场版　22
乾隆搞调查　29
群众的级别　33
目中无人与心中有人　35

符 号
马燕的漂流瓶　38

袁世凯与伪君子　　42
　　又一种"说了算"　　45
魏剑美
　　"伟人"的国际性　　48
　　人咬狗之后的系列报道　　51
　　如今我们怎样做儿女　　52
周　实
　　我的政治面貌是——　　55
　　书与人　　58
　　石子(外六则)　　61
葛栋玉
　　个人正义与国家正义　　68
何三畏
　　施瓦辛格的当选和我们的无知　　72
　　"允许说错话"的意义　　76
　　文盲农妇为何要当秋菊　　80
　　四川"太太讨薪队"的背后故事　　84
　　黄鹏的苦闷和前途　　88

郭松民
　　让中国的阵亡将士不再寂寞　　93
　　老兵安在？　　96
　　尤努斯博士的伟大证明　　100

葛红兵
　　谁在热爱真理　　103
　　有一种老虎没牙齿　　104
　　秦桧、汪精卫在中国　　107
　　我们该相信什么　　111
　　立一块二战纪念碑吧　　114

吕钦文
　　哲思断想（摘录）　　121

周殿富
　　"社会像一个股份公司",还是像牢笼　　127
　　钞票的价值在"含金"而不在"纸"　　131

时寒冰
　　权力的天空　　135

如何读懂中国的统计数字？　140
　　西天取经真相（孙悟空采访
　　　实录）　145
　　民之伤,民之泪　155
　　畸形走廊　160
陈　仓
　　蝗虫经济学　164
　　泛滥的谎言　169
　　诸葛亮可以不斩马谡　172
　　"运动治"简析　175
　　专家学者论说老汉骑驴　180

中美合作所的历史真相

耿 法

一提起"中美合作所",就令人毛骨悚然,因为臭名昭著、专门迫害政治犯的白公馆、渣滓洞就是"中美合作所"指导的集中营。这一认识是长期宣传的结果,是小说《红岩》、电影《烈火中永生》,歌剧《江姐》等文艺作品告诉人们的。记得《红岩》中有一个印象极深的情节,共产党员成岗被带到中美合作所特别医院接受审讯,在一个美国医生的指挥下,给成岗注射了麻醉剂进行诱供。电影里,徐鹏飞审讯江姐时也恶狠狠地说:"别忘了,这里是中美合作所!真想尝尝中美合作所的几十套刑法?"

可是,最近读到《书屋》杂志2002年第7期何蜀先生《文艺作品中与历史上的中美合作所》一文大吃一惊,原来文艺作品的"中美合作所"是虚构的,历史上真实的"中美合作所"决不是什么集中营,而是中美两国为共同进行反法西斯战争而建立的跨国军事情报合作机构。类似的机构当时还有"中苏情报合作所"、"中英特种技术合作所"，但真正合作成功的要数"中美特种技术合作所"（简称"中美合作所"）。尤其在合作进行对日军的电讯侦译技术研究，搜集日军在中国与太平洋沿岸及沿中国海岸的陆、海、空军事情报，掌握这些地区的气象、水文资料，对日心理战宣传和在敌占区进行破坏活动等方面都取得了成绩。譬如美国空军一举击落日本海军大将山本五十六的座机，其中就有"中美合作所"的军统局人员在电讯侦测和密码破译方面的功劳。抗战胜利后，"中美合作所"的美方人员按照协定分批回国，1946年1月"中美合作所"宣告结束。而白公馆、渣滓洞集中营和"中美合作所"根本没有关系，其实，早在1988年第3期《美国研究》（中国社科院主办）上就有学者发表了《简析"中美合作所集中营"》一文，以翔实的史料澄清了真相，可惜该杂志发行面狭，如吾辈一般读者到今天才知晓真相。

　　这真是开了一个历史的大玩笑。这一误解流传几十年，影响了不止一代中国人。由此想到，无论是进行革命传统教育还是建立爱国主义教育基地，最重要的一条就是要真实地宣传历史，而不要用文艺虚构甚至臆造来代替历史。由于"中美合作所"的中方负责人是国民党军统特务头子戴笠，美方副主任梅乐斯不顾美国当局禁令竭力介入国共两党冲突的内政,该所训练的特工、警察,获得的美式装备器材,后来被国民党当局用到了反共内战中,因此"中美合作所"背上恶名有其特殊的历史原因。但不管怎么说,"中美合作所"的历史真相必须加以澄清。这样做既是对历史负责,也是对青少年一代的教育负责。否则,一沾"中美合作所"的边就有洗刷不清的罪名,如所谓"胡风集团"重要成员绿原,当年仅在给胡风的信中提及"我已被调至中美合作所工作",后来就被荒谬地定为"中美合作所特务",流毒极广,这和"中美合作所"性质被混淆有极大关系。

"文艺为政治服务"的结果,导致当年一批作品对"中美合作所"的描写严重失真;中共中央倡导的实事求是,又恢复了历史的真实面貌,即使对于"中美合作所"问题也是如此。

【原载 2002 年 8 月 27 日《团结报》】

贾府的茄子

耿 法

《红楼梦》里贾府的茄子很有名气。用凤姐的话来作说明吧："你把才下来的茄子,把皮刨了,只要净肉,切成碎丁子,用鸡油炸了,再用鸡肉脯子合香菌、新笋、蘑菇、五香豆腐干子、各色干果子,都切成丁儿,用鸡汤煨干了,拿香油一收,外加糟油一拌,盛在瓷罐子里,封严了;要吃的时候,拿出来,用炒的瓜子一拌,就是了。"这叫茄鲞,难怪刘姥姥吃不出茄子味,不禁摇头吐舌道:"我的佛祖!倒得多少只鸡配它,怪道这个味儿。"

茄子吃到这个份儿上,早就失去了茄子自身的色香味,配料远远大于主料,配角早已代替了主角,除了奢华、摆阔以外,是没有一点实用价值的。试看大江南北大小饭店都不做这道菜便是明证。

可是现实生活中,"贾府的茄子"却实在不少见。例如明明是开劳模会,可第二天报纸头版报道,满篇是出席劳模会的各领导部门头头的名字，而对劳模只极简练地提了一句：表彰了某某某等多少位劳模。自然，劳模们只需一人代表即可，而领导的名字是一个也少不了的。真是一个劳模的名字，倒得多少领导的名字配他！

又如中秋节送礼用的特制豪华月饼盒里，摆有两瓶名贵的洋酒"人头马"，一套镀金镶银的酒具，一只进口名牌手表，外带两个不知什么馅料的月饼，价格高达数千元。品尝月饼得用美酒助兴，还得掌握食用时间，想得怪周到。真是一只月饼，倒得多少美酒和奇器配它！

再如某些检查组，隔三差五便要去基层巡回检查，害得基层单位煞费苦心迎接。走马观花转一转，会议室里听几句汇报，便前呼后拥去酒楼饭庄享用"便宴"，好酒开了一瓶又一瓶，酒足饭饱后再去洗桑拿，到歌厅和小姐一起引吭高歌，翩翩起舞。真是十分钟检查，倒得多少吃喝玩乐配它！

再如开会办学习班，安排日程一天学习讨论，十天游览风景名胜，叫"边玩边学，寓学于乐"。更有甚者，把"学习班"办到国外去游览，名曰乃考察学习内容之一部分也。真是一天学习，倒得多少豪华旅游公款配它！又有一种大牌歌星，名气大，嗓子并不怎么样，可用来伴舞的美女如云，早忘了歌星唱的啥。平庸的嗓子，倒得多少伴舞靓女配它……诸如此类，不能穷尽，看来刘姥姥的话是真理。

　　话题扯远了，那就回到茄子上来吧。清代才子袁枚的《随园食单》中介绍过几种茄子吃法，既可口，又不喧宾夺主失去茄子本色，不妨介绍给读者。其一："吴小谷广文家，将整茄子削皮，滚水泡去苦汁，猪油炙之。炙时须待泡水干后，用甜酱水干煨甚佳。"其二："卢八太爷家，切茄作小块，不去皮，入油灼微黄。加秋油爆炒，亦佳。"其三："蒸烂划开，用麻油米醋拌，则夏间亦颇可食。"窃以为，这三种做法无论哪一种都比贾府的茄鲞要实用得多，高明得多。茄子要当茄子做，其他生活现象也如此就省事了。

【原载 2003 年 1 月 9 日《大河报》】

我是不是人(节选)

陈 原

词典证明我不是人

我不是人!

论证这个最简单的命题,太容易了,只须查看词典就行。

权威的《现代汉语词典》对"人"下的定义是:能制造工具并使用工具的高等动物。

我能制造工具吗?不能。我能使用工具吗?几乎可以说不。最平常最简单的交通工具,比如自行车,我就不会使用,更甭提汽车或飞机了。

由此可知,基本上我不是人。至于我是高等动物还是低等动物,就不必探究了。

但是,在二十世纪五十年代初,辞书还不能十分肯定我不是人。例如1953年的《新华字典》(初版本)给"人"下的定义只有上引文字的一半:能使用工具生产的最高等动物。

似乎不必会制造工具,只须能使用工具去生

产的动物就是人。按此，我能使用纸笔之类的工具去进行写作，如果这算做生产，那么，论证我是人，多半还可以有一线生机。

但是四年之后（1957年），这部小字典经过"猴子变人"的深入学习，这定义就深化了，此时，人成了：能制造工具并使用工具进行劳动的动物。

此处加了一个条件：能制造工具；加了一个限语：不是一般地使用，而是使用工具去劳动（而不是生产）；而且只是"动物"而不必是"高等动物"或"最高等动物"。

喜欢咬文嚼字的读者值得注意的是，这条释文开始"引进"现在进行时的文法结构，即不简单地说"生产"或"劳动"，而说"进行生产"或"进行劳动"——我们现在不论口头语还是书面语经常说"进行交谈"，"进行演讲"，"进行会见"——终会有一天，我们会说"我进行吃饭了"，或"我要进行告辞了。"这且不去说它。可知在《现代汉语词典》正式问世之前，我这个高等或低等动物很容易就被证明不是人了。呜呼！

我有时是人有时不是人

《新华字典》到现在销行了不下三亿册。这部权威小字典的销售只来考究一下我是不是人，确实是颇有兴趣的。

1953年，能使用工具的动物就是人——我那时勉强可以说是人。1957年，不止能使用还得会制造工具的动物才是人——我多半已不是人了。

十四年后（1971）——人们记得，整个中国大陆的书摊上，除了红宝书和八个样板戏之外，书这个玩意儿销声匿迹了，连这部小小的字典也不能上市了。然后有周恩来出来干预，才有《新华字典》修订版。

修订版贯彻了阶级斗争年年讲月月讲天天讲的最高指示，"人"字项下写道：能制造工具并使用工具进行劳动的动物。人是由类人猿进化而成的。在阶级社会中每一个人都属于一定的阶级。

尽管加了阶级属性，我还是被证明不是人。

我不是人，那还有什么阶级属性呢？

此时，从理论上说，我虽然生活在社会里，但我不属于哪一个阶级，因为我不是人，我只是一种动物，难道随便哪一种动物都有阶级属性吗？

1976年，霹雳一声，"四人帮"被消灭了，然后拨乱反正。1979年版的《新华字典》中"人"的定义没有改变，只是把阶级属性那条尾巴割掉，回到人间了。然而"类人猿"却变成"古类人猿"，直到新版本（1998修订版和中英对照版）都沿用"古类人猿"一说。我知道我不是人，但我又发现我的祖先不是由类人猿而是由古类人猿变的。

可惜我没有研习过生物学和古生物学，不知"类人猿"跟"古类人猿"是不是同一种动物，但是祖宗是什么都改变不了我不是人的命运。

我顿时想考博士生

经过这样的历史论证，我顿时想考博士生。

我拟定的论文题目是：《当代世界人口众多传统文明辉煌的政治实体中若干颇具影响的语文词典的政治化与非政治化盛衰过程的历史唯物主义与辩证唯物主义的初步探索与研究》。

不瞒各位尊敬的读者，我考博士生时主旨是想论证我是人——不过我若果去报名，肯定是不被接受的，因为我本想拟定一个由六十五个单字组成的博士论文题目吓倒我的博导（博士生导师的简称也），谁知弄巧成拙，这个充满唯物主义精神的最最朴实的题目，曲高和寡，任何博导看见都会吓一跳，绝对不会收录我这个高等动物的。

完了，前途黯淡了！

也许我小时候曾经是人

二十世纪三十年代以前出版的辞书，却没有

论证我不是人。仿佛我从前曾经是人。

老《辞源》（1915）说：人是"动物之最灵者"。

我这个东西是动物，似乎没有什么疑义，至于我这个东西是否最灵的动物，可不知道。但是无论如何，这个定义没有论证我不是人。

老《辞海》（1936）在"人"项下跟老《辞源》一样，一个字也不少，可是它接着引用了《说文》的释义：人，天地之性最贵者也。

这样做算不算抄袭，我不知道；我只知道它没有判定我不是人。所以我说，我小时候曾经是人；至少没有自我判断不是人。

可是，一旦学习了"猴子变人"的学说，我就身不由己，变成非人——或者如语言学大师赵元任的说法：我变成"不人"。

学习"猴子变人"

二十世纪五十年代初，解放了的中国为了论证社会主义是人类群体发展的必由之路，我们都在学习社会发展史，人们戏称为学习"猴子变人"。

猴子变人是戏称，不是科学论证，论证源出资产阶级的人类学——哎哟，我不自主地使用了阶级术语，不过，无产阶级的导师之一恩格斯也写过一篇很有说服力的论文，叫做《劳动在从猿到人转变过程中的作用》。

　　文章确实说到远古时代的一种类人猿变成人，他说：它（劳动）是人类生活的第一个基本条件，而且达到这样的程度，以致我们在某种意义上不得不说，劳动创造了人本身。

　　"猴子变人"应当是一整套过程，包括手的使用、直立行走、劳动、生产、语言、思维、制造工具、使用工具，等等等等。

　　那时，二十世纪五十年代初，人们还不怎么熟悉这套过程，于是产生了新辞书把创造"人"的过程简单化了——以至于我得出我不是人的惶惑。

　　我说简单化了，不是一句空话。

　　那时"一面倒"，万事看苏联，可是——

　　苏维埃时期的词典——以著名的四卷本乌沙可夫俄语大词典为例，却没有"进行"简单化。

　　这部词典的第四卷于1940年问世，第1247页"人"字的定义，除了"在劳动过程中能制造工具和使用工具"的要素外，指明"人"具有与其他动物不同的特征，即有思想和语言。

　　人是有思想的动物，人是能说话（语言）的动物。为什么五十年前我们的先行者把思想和语言的特征抽去了呢？不解。难道那时的人们竟以为没有思想也能是人吗？难道人可以没有思想吗？

　　其实古人说，人为万物之灵——就是说，人

必须有思想，如果没有思想，怎能灵呢？

西方的哲人同样的观念："人的全都尊严在于思想。"西方的词典编纂家对"人"字下的定义也离不开思想。英国如此，法国如此，美国也如此。

回到刚才提出的问题：人难道是没有思想的高等动物吗？

我不是人，所以我没有思想。

我没有思想，所以我不是人。

可能有三种情况导致我没有思想：

其一，先天的脑髓不发达，或后天的老年痴呆症；其二，把灵魂卖给魔鬼，自然连思想也随着灵魂被魔鬼拉走了；其三即最后，把灵魂献给神，自觉地放弃了独立，成了字典上某种不完全的制造和使用工具进行生产的工具。

原来我是牛鬼蛇神

我不是人，那么，我究竟是什么？

到1966年，真相大白，那一年6月1日，一份权威报纸的社论，擂响战鼓，挥舞大棍——横扫一切牛鬼蛇神！

一下子我就明白过来，我不是人，原来是牛鬼蛇神！我周围的人也立刻领会，我属于牛鬼蛇神那一族。

不只理论上证明我不是人，现实生活也活生生地证明我不是人。

那年8月某日，我有幸以牛鬼蛇神的姿态，陪同我的前辈夏公（夏衍）在北京的一个很小的仅仅容纳七八千人的体育馆，登台演出牛鬼蛇神的闹剧。

如今低头一想，我从未与电影沾边，也不搞话剧，文学领域也不过擦边而过，却居然有幸跟夏公同台表演，实在是人生最大的幸福。

话说当日天朗气清，在八千人的鼓噪声中，说时迟，那时快，一忽间三只牛鬼蛇神被押上来了。

只见夏公居中，左边是司徒慧敏——电影界的牛鬼蛇神，右边赫然是我——我是界外牛鬼蛇神，可我是幸运的牛鬼蛇神，因为我显得最神气：这得感谢我一位可敬的部下，他那位灵巧的夫人，牺牲了睡眠，连夜给我赶制了一顶一米高的帽子。感谢这位夫人，我戴着这么一顶高帽子，悠然自得，多少灭了造反派的威风——因为一米高的高帽子使我不能弯腰低头，只能昂首挺立，神气活现。

我折服了。我不止在辞书里被论证不是人，而且在实际社会生活中也被界定为不是人。

那个时候，或是具体地说，那十年，在造反派"革命群众"心目中，我不是人。我失去了或者说被剥夺了人的尊严，既然人的尊严丧失殆尽，只能兽性复归，我成了能吃饭能被强迫劳动能挨斗能戴着一米高的高帽子游街的最最低等的动物了。

找回我自己

后来呢？后来我躲进语词密林，经风雨见世面之后，终于找回我自己。不论权威辞书怎么说，我又变成人了。

我此刻是一个人。我此刻还原为一个有独立思想的人。

我马上就要走出语词密林，回到人间去了。人间固然不是乐土，可是我在那里会找回我自己的独立人格和自由思想；我爱人间。

亲爱的朋友们：我不想再在密林里经受风吹雨打，我要走出密林，"安度晚年"了。

古拜麦迪亚，艾洛符幽（Goodbye my dear, I love' you）！

【选自陈原著《重返语词的密林》辽宁出版社2002年版】

一个人死了

朱 辉

　　一进单位就发现今天与往日不同,似乎于死气沉沉中有了一些生气。好几个同事的脸上都洋溢着莫名的兴奋。莫非要加工资了?我暗自猜测。

　　"知道吗?昨天厂门口轧死了一个人!"小王看见了我,忙不迭地告诉我。原来如此,我们这个城市每天都会有人死去,又有什么可以兴奋的,我有些不以为然。

　　"这是我亲眼看见的,那脑袋轧成了馅饼,红的白的流了一地……"小王肠胃不好,说到这一节已经一脸痛苦,胃里的早餐似乎准备喷涌而出。我连忙退后了几步,好在他忍住了,然后依然执着地坚持把经过讲完,我不由在想,假如他在工作中也这般锲而不舍恐怕早就成为某一方面的专家了。

　　"怎么报纸还没来!"张大姐在那边已经问了第三次了。往日她是不看报的。

　　"那人三十多岁,听说是对面厂下岗的,生活很困难……"小李走了进来,带来了最新资讯,要知道她每个月做一张简单的统计报表都得磨蹭好几天。

"那倒也好，反正活着也不如意。而且他死得也干脆，假如成了植物人，或者缺了胳膊少了腿不是更难受吗？"张大姐替死者的父母想开了。

"而且，撞他的是'奔驰'，车主很有钱，估计赔个十几万没问题！"小李的资料看来比公安局的还详细。

"是吗？我表弟去年被一辆农用车撞死了只赔了一万，真是太不公平了……"那边一直没有参与进来的老刘颇有些不平，于是大家觉得那人死得值，撞车也得选值钱的撞，这也是社会经验。

报纸来了，果然有与此有关的小新闻，于是又掀起了一场讨论高潮。我忽然觉得少了些什么，往日最喜欢掺和这些事的老马哪里去了？一找发现他独自在角落里坐着，闷闷不乐，我顿时有些肃然起敬，还是老马心肠好……

"昨天这事是我第一个看到的，都怪我平时不看报，等我找到报社电话，晚了！人家都报了料了。打一家报纸一百元，打四个就是四百啊！"老马比死者家属还悲痛。

下班时经过厂门口，我看到经过清扫的马路上隐隐还有些血迹，仿佛在告诉人们昨天有一个人在这里死去了……

【原载 2003 年 1 月 9 日《中国妇女报》】

冬烘先生对三顾茅庐的体制研究

刘诚龙

冬烘先生以改革理论家著称于世,他发表了许多高论宏论及振聋发聩之新论。其著作出了一本又一本,垒叠起来盖过了他的秃头顶。大家对他一向很敬畏的,但最近有几个毛头小伙多事,对冬烘先生发难,说冬烘先生所有的理论仅仅是应合了某些流行的观点。

冬烘先生气得发抖,可又作声不得,他把自己的著作翻了个遍,发现还确实是这样。冬烘先生为了保持改革理论家的桂冠,决定拓宽研究领域,打开理论思路,形成崭新思想。这事说起来容易,做起来很难,过去,只要大家说个什么事,冬烘先生把那个结论往事上一套,理论便大功告成了,如今要另起炉灶,谈何容易?一日,冬烘先生烦得不行,便顺手从书架上抽了本闲书乱翻。翻到了刘备三顾茅庐这一章,冬烘先生麻木的神经忽然被针刺了一下,他感到这里头可能有篇大文章。冬烘先生觉得，刘备能在群雄争霸的乱世中脱颖而出，进而奠定三分天下的鼎立局面，是很值得调研的。冬烘先生始拟著作人力资源的理论，论证人才的重要性，但冬烘先生是著名的理论家，不屑作这般皮毛之论，他要更深一层。冬烘先生知道，所谓深层论证，说白了就是体制论证，不说到体制，你就不是理论家。

是什么机制迫使刘备三顾茅庐呢？三顾茅庐之前的刘备，是皇室贵胄，为何不顾身份屈驾去访一个"村夫"？三顾茅庐之际的刘备，已在新野立了足，管辖一方，大大小小也算得是个"县委书记"，是什么原因使"县委书记"顶风冒雪三请三拜一介百姓？冬烘先生认起真来反思：若是在当下的公务员制度下，刘备会不会去请孔明？刘备去请了，孔明先生受编制及公务员制度的限制，能否进得来？现在要一个县委书记去请人来当官，怕是天方夜谭了。

但刘备却去请了，而且并没得红包，而且态度还十分虔诚，冬烘先生首先得出一个结论：刘备搞的是股份制，所以才惟才是举，可冬烘先生发现不对，刘关张桃园三结义，凑成一个股份，这股份制将三股绳拧成一股绳，大部分时候能够心往一处想，劲往一处使，但在三顾茅庐上，意见并不统一，关羽去了两次之后，十分不耐烦：

"兄长两次拜谒，其礼太过矣。"三弟张翼德尤其暴躁，他对孔明先生欲以刁民定性，准备进村入户拿人了："量此村夫，何足为大贤，今番不须哥哥去，他如不来，我只用一条麻绳缚将来。"由此可见，股份制是说明不了三顾茅庐的体制问题的；冬烘先生又推断：是不是民主集中制使然呢？在这事上，三人都发表了意见，最后归刘备拍板，样子是蛮像民主集中制的，可是也不对，三个"常委"虽有两人投了不赞成票，按照少数服从多数的民主集中制原则，刘备这板子拍不下去的。冬烘先生想从国外去搬一些诸如三权分立制来解释，可从三顾茅庐这事情上，哪里找得着三权分立的半毫因子？

　　三顾茅庐时节的刘备，势弱力微，危机重重，北方有曹操虎视眈眈，江东有孙权暗张血口，其他诸霸如狼似虎，随时可吞下刘备，此是当时天下之竞争态势也，此竞争态势若何？若当下市场经济也。冬烘先生脑子里灵光一闪，蹦出了个新概念：市场政治。汉末是市场政治也，促使刘备打破框框打破条条冲破种种非议的，正是市场政治体制。刘备搞垮了，把地方搞得一塌糊涂，没谁给他一纸调令异地为官的，刘备不把网罗人才做为自家之命根子吗？天下为家的经营机制逼使刘备三顾茅庐，若是搞好搞坏一个样，不关刘备的事，刘备还会降身份冒风雪去请孔明吗？冬烘先生因此得出了个结论：刘备三顾茅庐，是因为地方管辖的"主权"很明晰，全归刘备个人拥有，刘备才把一切当成自己的事来干，才有这股执著的进取心与高度的责任感，不像现在，"权"好像国有集体资产，人人有份，其实人人都没有责任，实际是个人在行使。冬烘先生的这一研究又使他赢得了敢于创新的新锐改革理论家的新誉。

　　冬烘先生这个理论，新名词满天轰炸，把人炸得晕头转向的，可是有人仔细琢磨了，发现冬烘先生卑之无甚高论，下的依然是老结论，而且掀开其时尚的外衣，认真一闻，那理论的核心是自秦始皇始就臭了几千年的"家天下"三字而已。

【原载 2003 年 3 月 23 日《三湘都市报》】

狐假虎威之官场版

刘诚龙

一、引子版

话说兽界要换届了,兽心浮动,闹闹不休,把天帝头都弄大了,天帝拥有的就只有齐楚燕韩赵魏秦七块领地,按祖上规矩,只能安排七个一把手,争着要当的哩,七十个还不止。天帝有七大姑八大姨,还有一些谈不上沾亲带故却比亲子亲女更孝敬的畜牲也要考虑,这么多畜牲怎么安排啊,天帝想啊,脑壳都想爆了,忽然眉头一皱,计上心来,何不实行党政分家,这么着,二七一十四,一下子就可多安排一倍,天帝把最靠前的畜牲都安排妥当,其中狐狸派往楚地,与老虎做搭当。老虎占楚山为王多年了,情况熟悉,摆在原地有道理,狐狸是新任命的,怀揣着任命书赴楚地上任来了,她刚到楚界,正好碰到老虎,老虎这阵子好久没下基层了,嘴里淡出了鸟来,看到这么美味的狐狸,便一把抓住,准备大卸八块,大啖一顿，不料狐狸从怀里掏出"天帝使我长百兽"的任命书，老虎一见，马上松了手，连说"误会误会，我还以为你是一介老百姓哩！"狐狸说："那现在不吃我啦。"老虎说："当然当然，只有官吃老百姓的，哪里有官吃官的?"

二、任命版

狐狸被老虎吃了一大吓，心中惊惧不轻，她想，自己是被天帝下派的官，来头小是不小，但遭忌也不会小噢。她这么一来，那楚地的干部都被压着了，心里不会轻易服的；这次自己一个人揣着任命书，不声不响的来了，原想不惊扰地方，赢得些民声，结果差点被老虎当美味吃了，看来官场要有官场的规则才行，这么悄悄地来，一点声势也没有，真是寒碜，还得自报姓名，自个说出"我是百兽长"，多不体面，谁知道你是谁呀。狐狸想，任命要有个仪式，要建立一个陪送制度，就是要有个挺有权势的人送着来，不能孤家寡人独个去上任。狐狸马上给天帝打了个电话，先是道了万福，感谢天帝的厚爱栽培，接着说了自己的遭遇，最后提出了任命陪送的建议。天帝想了想，觉得这建议好，"我们上面派来的干部，这般受冷落，那怎么行哪，没得天威了哒。我们是要建立任命上任的陪送制度"。天帝说，"狐狸，这次来不及了，这么着吧，叫老虎搞个仪式，把百兽喊拢来，开个会，叫他当众给你宣读任命书。"天帝又给老虎打了个电话，如此这般打了招呼。于是，狐狸走在前边，老虎走在后边，一前一后来到百兽之中，当众宣读了天帝亲自签发的任命书，百兽从前没经过这档事，所以惊骇得不行。

三、会议版

狐狸来到楚地有些时候了，她主持召开了几次会议，效果都不太好，狐狸甚是不解。论理论水平吧，楚地的原班干部都是些土包子，谈不出个子丑寅卯，甲乙丙丁，自己不仅能说一二三四，而且能说 ABCD；论讲话艺术吧，自个嗓音清脆，也很会抑扬顿挫，而且手势语也十分丰富，尾巴一甩一甩的很有风度，但不知为什么，效果总是上不来，下边交头接耳的，打鼾打嗑睡的，随意走动位置的，中途才进场的，中途就退场的……不一而足，不成体统，狐狸前思后想，坐想行思，理不出个头绪。她有回与狼，还有狈一起聊天，说起了这事，不料狼与狈都说有同感，狼狈都单独主持过会议，总是稀稀拉拉拖拖沓沓没有规矩没有样子，狐狸脑袋一拍，说："我晓得了。"

狐狸又轮到主持一个会议，狐狸叫办公室狗主任买了桌椅，布置了一个很有阵势的主席台，台上摆着许多牌牌，牌牌上分别写着老虎、狐狸、豺狼、豹子……会议前几天，狐狸跑到老虎办公室，喊老虎去主席台就坐，老虎以前从没有这么搞过，他说："这项工作你分管的，与我干系不大，不要我出席啦。你的份内事，你大胆抓嘛。"狐狸说："您德高望重，您亲自出面，显得对这项工作重视。"老虎一来这话中听，二来感到这事新鲜，于是就出席了，感觉也真爽，其他十多个常委也坐了上去，也觉得有趣有味又显得有头有脸，都称颂不已。这个开会的仪式便流传开来，此后不管是狼是狈主持会议，不管会议相关不相关，都让常委们排排坐于主席台。狐狸做得最好，每逢她作报告，都请老虎坐在后边，老虎有时偶尔吼一声几声，强调一句几句，有时什么都不说，像菩萨一般坐着，就这样，会场秩序出奇的好，于是这个主席台上排排坐的会议仪式便固定下来了，沿袭下来了。

四、巡视版

狐狸虽贵为一把手，但她只是管行政，不管人事，只抓票子，不发帽子，加上她生性柔弱，欠了些阳刚之气，所以总是气势不够气氛不足。狐狸喜欢视察喜欢巡山，常常想着到这里划个圈，到那里画个圆，但每次巡视，她就气得跺脚，原来楚地的交通状况不太好，公路有点破烂，路上的车尤其五花八门，拖拉机、大卡车、小四轮、三轮车、板车中巴自行车，还人车混路，司机也不太遵守交通规则，每次弄得狐狸的小轿车灰头土脸，加不起速，只能像蜗牛一样爬，狐狸跟交警讲过多次，但交警不太买帐，俺的帽子不归你发，我怕你条卵。这时节，狐狸还听到一些议论，说狐狸独行其是，不把老虎放在眼里，她吓了一跳，在官场里头闹不团结，是不得了的事。狐狸想出了一箭双雕的计策，邀请老虎一块出去视察。听说老虎也要去视察，交警部门乃至公安部门忙开了，纷纷上路维护秩序，上了路，狐狸跑在前面，她是这么想的："吾为虎先行，虎随我后，百兽之见我而不敢走乎？"这样也显我狐狸的威风，老虎虽有虎威，但脑子不太开窍，他也很乐意显摆，果然，"兽见之而皆走"。路上所有行兽与车子纷纷肃静回避。

五、考察版

狐狸声望不足，百兽不服，楚地对此有这有

那的议论,说她不会为民办事,只会为官摆谱,这话传到了天帝那里,于是天帝派遣组织部部长老乌龟前往考察,老乌龟老态龙钟,一步三喘气的,因此他对考察组的同志说:"楚地兽多,住得又分散,到百兽中去一一考察,耗时耗力不太现实,况且,百兽也难得与狐狸亲密接触,难以了解狐狸。这么着吧,就在班子成员中考察算了。"班子成员其实个个都是心怀鬼胎的,但都在官场呆久了,都是老油条了,晓得考察都是那么回事,要弄鬼也不在考察时节弄鬼,所以都说好,不愿做丑,考察组问了狼也问了狈,狼狈都说:"狐狸同志人和气,点子多,很有改革精神,它来之后,完善了干部任命制度,改革了会议仪式,整顿了交通秩序,干部作风好转了,政府威信提高了。"考察组最后去听老虎的意见,老虎觉得狐狸还算听话,若是另外派个狮子来不得了,所以他也一味说好话:"狐狸同志蛮可以的,很是谦虚,又很讲团结,组织观念比较强,对我这些老同志特别尊重,这不是敬重我个人的问题,说明她心目中有领导,时刻与上级保持一致,注重维护领导班子的威信嘛。"

  老乌龟部长将考察情况报告给天帝,天帝很满意。针对兽界狐假虎威之非议,给了个官方说法,以正视听:不是狐假虎威,而是狐护虎威。

所以现在在狐狸与老虎的关系上,有两个版本,一是官场版,一是民间版,民间版说狐狸一点能力也没有,官场版说狐狸政治水平很高;官场版在官场通行,民间版在民间通行,因为狐狸不在民间,而在官场,当然在官场就得以官场为准,所以狐狸一直在楚地做"百兽长",自战国而今,已有一二千年了,成了官场"不倒翁"。

【原载 2004 年 6 月(下)《杂文选刊》】

乾隆搞调查

刘诚龙

中国古代大概有一种"情结",只要经济略为好转,人民碗里有那么几粒米,或许标准高一点,有那么几点肉末;皇上就要百姓歌舞升平,百姓就要对皇上山呼万岁,而此时此刻,皇上就在虚幻的海市蜃楼中独自陶醉,最听不得的就是那种乌鸦嘴似的"危言"了。

乾隆晚年,"康乾"盛世大概盛得不得了了,乾隆在七十七岁就成立了以和珅为"领导小组组长"的八十大寿大庆典的领导班子,历时三年,那庆典比慈禧太后六十大寿更加奢华,街上的壮丽可窥一斑:"夹道左右,彩棚绵亘,饰以金碧锦绣。"而在这时,偏偏有个不识相的内阁学士尹壮图充当揭穿"皇帝新衣"的不谙人事的"小孩子",很是不合时宜,讲了真话:"各督声名狼藉,吏治废弛,臣经过地方,体察官吏贤否,商民半皆蹙额兴叹。各省风气,大抵皆然。"忽然冒出了一只乌鸦,乾隆心里起了恨意,"你叫我一时不高兴,我就叫你一世不高兴。"

但乾隆毕竟不干那种暴君的事,他杀人总要杀得让人心服口服。你说的"商民半皆蹙额兴叹",那就去调查,让事实说话。乾隆于是成立了以侍郎庆成为钦差大臣的"调查小组",庆成是满族大员,又是盛世的"歌者",而且是爱好"旅游"的大玩家,到得山西第一站,先是饱览祖国大好河山。之后与官同乐,听了有准备的汇报,看了有布置的现场,哪里有"蹙额兴叹"?国家形势"绝对没问题"!尹氏除了认罪,无话可说,他便向乾隆上疏,说过去的话"朽言乱政",向乾隆请求"可否恳恩即令回京待罪。"但乾隆是乾隆,不是隋炀帝。"不不不,你还可看看嘛。"要他继续同庆成一起往直隶往江南往山东各省盘查,把调查搞得"真得很"。但怎么保证不露马脚?乾隆下了一个"专项通知",通知上明确了此次调查的"宗旨与目的""若所盘查仓库毫无亏欠,则是尹壮图以捕风捉影之谈为沽名钓誉之举,不但诬地方官以贪污之罪,并将天下亿万兆民感戴真诚全为泯没。"这次调查给地方官的"指示精神"有三点,证明尹某有罪,证明官僚不贪,证明皇帝盛世不假,怎么迎接调查,你看着办!乾隆还知道,他的话虽然说得这么明白,但肯定会有一些庸吏傻得很,不会办事,甚至连文件都不会看的,于是在尹壮图每到一地之前,安排专人提前五百里的路程通知官僚，务必不能出漏洞。考虑如此周详，布置如此周密，自然一点漏洞也没有，神州处处一片升平景象。尹壮图能说什么？回京以后，乾隆问他是否看到"商民半皆蹙额兴叹"，他便说："所过淮扬以及苏州省会，正当新年庆贺之时，溢巷摩肩，携豚沽酒，童叟怡然自乐。"乾隆终于完成了对尹壮图的洗脑，也完成了帝国在"嘴巴上"或者历史书上的"盛世绘"。

　　剩下来就是对尹壮图如何处理了，刑部想当然的自以为理会了乾隆的意图，拟定按挟诈欺公妄生异议之律，坐斩立决，但没有想到乾隆见识又是高人一着，"谓壮图逞意妄言，亦不妨以谤为靓。"竟然不加治罪，命左授内阁侍读。好个以谤为靓！给了天下人"天下多么盛世"的"明白"；给了乾隆"创造盛世不是假的"的"清白"。有人讲，乾隆既然事先已经给调查定了调子，又有刑具在手，直接定案得了，何必多此一举？花费人力物力去搞什么调查。也许在以前，比如商纣王或者秦始皇是不可能走这个程序了，但乾隆是明君啊。这么去调查，成本高了点，皇帝的新衣价格也要高才行啊，贵衣服"有品牌效应"。把天下人的嘴巴全封上，再高的价格也是值得的。这么一来，乾隆就轻松穿上了两件"皇帝的新衣"，一件是皇上圣明的新衣，一件是乾隆盛世的新衣,乾隆穿着,那感觉比安徒生笔下的皇帝好多了,安徒生笔下的皇帝听到小孩说"皇上什么也没穿啊",顿时很不自在,表面虽气昂昂内里却心虚虚,赶忙回宫了。乾隆的自我感觉却一直良好。中国历史上许多皇帝,"小孩"给他穿帮他是根本不放在眼里的,要等到农民用锄头梭镖来给他穿帮,那时他才急。

【原载 2006 年 7 月 27 日《教师报》】

群众的级别

刘诚龙

这天,我到县委参加一个投票推举干部的会,上级组织部门的领导坐在上面说:"因为我们要选的是群众公认的干部,所以今天请大家来投票。"在台下,我左顾右盼,从主席台上看到主席台下,看到的都是正科级以上,而且都是"实职"干部。

谁是群众?哪里有群众?

在我们这个正处级的县里,正科级以上的人才是群众,经过我们推选的干部,就可以叫做"群众公认"的好干部了。

这样说来,正科级就是群众了?非也;是不是群众,还得看你参加的是什么级别的干部推选会。比如我这个副科级,要推举市领导了,我就连群众都不是了,至少得正科级以上才是群众。这时的什么副科,什么正科,都不是群众。

这么说来,群众是有级别的,大概,有多少领导级别就有多少群众级别。如果领导有十五级,那么群众也有十五级,从正部级群众到副部级群众,都是有的。哪一级群众来"公认"哪一级领导,来"推举"哪一级领导,都是不含糊,都是有规矩管的。"人民"与"群众"这个帽子,有时戴起来觉得很不受用,可是,有时你想戴,恐怕还戴不上。

【原载 2008 年 10 月(上)《杂文月刊》】

目中无人与心中有人

刘诚龙

与一位朋友QQ闲聊，说起L来。这位朋友读过L很多文章，连道佩服，之余却又送问号来：L哥谁都批啊？余秋雨是文化大师，他批；季羡林是国学大师，他批；奥巴马都连任总统了，他也批人家……太目中无人了吧？

他之所问我答不上来，要答也可能答得不透底，恰好我在读明朝黄虞龙的文章《与客》，是谈创作的，不长，全抄于下：

古今能文章之士，皆胸中无物，眼底无人。无物，故山河大地，以至虫鱼花鸟，都足供笔端；无人，则先秦两汉，百家诸子，只是我寻常交往，少则证羲画之交，多则衍天龙之义。酒籍肉账，悉成佳篇；怒骂嬉笑，无非至论。昔之坡仙，今之卓老，庶几近之。

黄虞龙作这篇《与客》，是很有针对性的。当时作文有规矩，"文必秦汉，诗必盛唐"，讲究字字有来历，句句得典故。圣人没说过的话，不能说，圣人没论过的理，不能论；只是文再怎么推崇秦汉，后来人却没写出秦汉雄文来，诗再怎么膜拜盛唐，宋元明清再也没写出盛唐高歌来。亦步亦趋，圣人云则跟着云，到底没出息。

黄虞龙给我们当头棒喝：推倒偶像的魅影，除掉崇拜的梦魇，文章才有可能构建"佳篇"，思想才有可能渐近"至论"。屈原之诗，没人敢易，而东坡敢易；孔子之言，无人敢疑，而李卓吾敢疑；所以东坡文章自成一格，卓老思想石破天惊。真正的作文高手，都有自己一套，真正的思想大家，也都有自己体系。

黄虞龙先生所谓的"目中无人"，并非目空一切，谁都瞧不起，而是将圣人伟人做"寻常交往"，既是寻常交往，那么：三人行，必有我师，下问都可以不以为耻，上问更可；不以其是为是，不以其非为非。

职场里现在依然是"目中有人"，一把手说了的，谁也不能改，谁也不能动，所以我们所见到的情形多有"以言代法"。但在文坛里，"目中无人"已然是了，再怎么高大与伟大的人物，也并不正眼瞧。只要你成了一个人物，那么骂的就是你，名高于山，谤高于天，越是名高的人，越是要找上门去骂，对的也骂，不对的也骂。这虽达到了"目中无人"的境界，却没能守住"寻常交往"的底线。这种骂，其心底藏伏的心思，不是越过人物达到的高峰而疾进,而难免是对人物达到那样高峰,想到自己怎么也越不过了,于是对他开骂:看,他算什么?算老几?显然,骂者心中燃着嫉妒的无名野火。

我理解的"目中无人"是破除个人崇拜,不是不把他当人看;我理解的"寻常交往"是朋友之间的来往,而非敌我之间的对立。大多数人物的成功,不是浪得虚名,而是有其可取之处;自然任何一个成功人物,也免不了有人的缺点与弱项。他之长,我取之,不以其长掩其短,以之一好百好,拜服其脚下,起不来;他之短,我弃之,不以其短忽其长,以之一差百差,对他不屑一顾。郁达夫说:"没有伟人出现的民族,是可怜的生物之群;有了伟人出现而不珍惜的民族,是没有希望的奴隶之邦。"

郁达夫是站在民族高度而立论的,若站在个人角度来说呢?没有伟大人物可学习,是难以出现伟大后学的;出现了伟大的人物而不学习的人,也是难以成功的。简而述之是:既要目中无人,又得心中皆人。

【原载 2012 年 11 月 29 日《北京日报·杂文》】

马燕的漂流瓶

符 号

马燕是谁？马燕是濒临失学的宁夏女孩。马燕终于没有失学；因为她有三本用练习本写成的日记。母亲把日记交给了一位叫韩石的法国记者，记者写成通讯在法国发表，读者来信涌进了记者的信箱，人们的捐助涌到马燕的面前，一家出版社出版了《马燕日记》，版权被转售到多个欧洲国家和日本……马燕从此成为"名人"。

据说水手在海上有抛漂流瓶的习俗，将心愿或希望，寄托于毫无希望的拾取者。马燕的母亲把女儿的日记交给素不相识的异国记者，就像是把一只漂流瓶抛向了大海。然而几十万、几百万分之一的"机缘率"落到了马燕头上，"蚂蚁掉进蜂糖罐"。

"掉进蜂糖罐"的当然不只是马燕，苏明娟因为记者拍了她的"大眼睛"，如今读到了大学；魏敏芝因为主演了《一个也不能少》的电影，举家迁居到了石家庄，自己也进了师范；《美丽的大脚》中的十几个孩子，因为遇上了一位志愿者好老师，去了一趟北京，住进了老师四星级宾馆式的家中，亲历了一次"天堂"生活……然而靠"漂流瓶"这种方式去改变命运，是不是有点玄乎，因偶然的机缘而免于失学，庆幸中又未免有些凄然！如果法国记者没有去到那个偏远的村庄，马燕的日记（全国该有多少个马燕！多少这样的日记！）没有交到记者手中，或者该记者根本不在意，那么，从她的堂姐辍学一年，下星期就要出嫁看，那将是马燕最大的"机遇率"？

"妈妈说你怕这是最后一次上学了。我就睁大眼睛望着妈妈，（马燕睁大的该是苏明娟式的眼睛！）您怎么会说出这样的话来呢？""今年我上不起学了，我回来种田，公（供）养弟弟上学。我多么想读书啊，可是我家里没钱……""我读书就是不想像爸爸妈妈那样生活。那样的生活太苦了。"——浅显得掉渣的道理让人心颤！

时见因实行义务教育不力而传讯、处罚家长的消息，似乎阻力主要来自"鼠目寸光"的贫穷孩子的父母。李昌平的《我向总理说实话》，书中记述荆州市一位领导出差到长沙，刚一下车就围上来一群孩子要给他擦皮鞋，一问全是他治下的监利县辍学的小孩。该领导当时的结论是"县不重视教育"。李昌平说："其实不是不重视教育，也不是家长不让孩子读书，而是读不起，是没有办法啊!"城乡、地区发展的不平衡,导致教育的机会不均等,农民过重的负担与学校繁多的收费,让贫困地区适龄儿童辍学呈愈烈之势;城市化背景下"宏志班"的开设,即是城乡、阶层差距的佐证。而流动人口子女在身份及户籍壁垒下,其前景也令人担忧!电脑键盘敲出"我要读书"四个字,网上即出现两万六千多"我要读书"的条目,依稀听到高玉宝的声音!"义务教育"对于国家、社会,是义务——实施最低义务教育保障线的义务;对于孩子、家庭,是义务,更是权利——接受义务教育的权利。

上个世纪末,我们即已宣布"基本普及九年制义务教育",但其中水分颇多。笔者所在地的两个土家族自治县,五年前即主动请求提前"普九"验收,原因是上半年如果不"验",下半年根本无法"验"成,要到五年以后。因为随着人口生育高峰,新学年全县要净增上百个班,师资、面积、设备、图书、投入,通通无法达标。验收通不过,县、市、省谁也不好交代,层层签订了责任状,连总理向世界的承诺也成问题。结果,果不其然上半年"提前""验收达标",大家高兴。

倪萍主演获四个奖项的《美丽大脚》。其实是"半部好电影":前半部以冷峻的真实再现了西北山村的现状,给人以强烈的震撼;后半部则"画"

了一张甜甜的饼:徒有四壁的教室连基本教学设备都没有,居然要添置电脑,真如衣衫褴褛的穷汉要配高级领带。而这种漠视"雪中送炭"式的"锦上添花",其筹款的方式,又是靠张美丽灌下整瓶烈性烧酒换来"大款"的"开恩"……难怪导演最后要让美丽莫名其妙地撞车死去,一个带象征意义的结局!

真正的义务教育是免费教育;世界各国的义务教育都实行免费教育。连发生裹腹危机的某近邻、都一直实行免费教育,又何况"基本实现小康"的我们。读新华社有关数字:2001年,中国的教育经费支出占GDP值的比例为1990年代以来的最高,但仅为3.19%,远低于世界平均5.1%,更低于世界发达国家。而其中大部分,又并没有投到义务教育上。义务教育不落实到"免费教育"上,谈何保障?

网上如今流行所谓"祈愿漂流瓶",那是将祝福撒给素不相识的人们,一种充满浪漫气质的"四海之内皆兄弟"式的友善。然而教育"漂流瓶"的作用毕竟是有限的。

【原载2003年5月8日《今晚报》】

袁世凯与伪君子

符 号

1916年3月22日，做了八十三天皇帝的袁世凯在举国反对声中，无奈地宣布恢复总统制，但是他的这一象征性表态，并没有平息全国各地的怒火，在当年的四五月份，一些地区继续宣称不承认袁世凯的统治，如果不是在6月初，袁世凯因尿毒症死去的话，那么他面临的局面只能是下台，并有可能接受共和国的审判。死亡让他避免了更大的丢人现眼，但死亡却未能让他逃脱历史的审判。

鲁迅先生曾在1927年的一次演讲中，讲到史书的一个规律，那就是某朝的年代长一点，其中必定好人多，某朝的年代短一点，其中差不多没有好人。年代长了，做史的是本朝人，当然恭维本朝的人物。年代短了，做史的是别朝人，便很自然地贬斥其异朝的人物，所以在秦朝，差不多在史的记载上半个好人也没有。曹操在史上年代也是颇短的，自然也逃不了被后一朝人说坏话的公例。但鲁迅并未被这一规律所左右，他进而说：

"其实，曹操是一个很有本事的人，至少是一个英雄，我虽不是曹操一党，但无论如何，总是非常佩服他。"对于袁世凯也应有鲁迅式的认识，尽管袁世凯不是一个英雄，也没必要佩服他，但至少可以说他是一个很有本事的人。他决不是一个漫画式的小丑，试想一个人在国家风雨飘摇之际，能够历经多次重大变故，一步步取得别人可望而不可及的权威，这个人决不简单。就袁世凯个人而言，他可以说是一个有魅力的领导者，如果不是这样，便难以解释，为何他能培养出当时中国最有战斗力的军队，并能有一批坚定不移的追随者。可以拿一个历史人物与他进行对比，这个人物就是刘邦，刘邦与袁世凯有许多相似的地方，他个人在私德方面也不是很好，但作为一个领导者却能礼贤下士，心胸宽阔，敢用人、会用人，因此能够干出一番事业来。袁世凯也不是一个守旧的人，在晚清政府的官僚中没有人比袁世凯有更多的改革成就，这也是他能够取得革命党人认可的原因。

　　当1912年袁世凯成为总统时，年仅五十二岁，历史提供给他一个广阔的舞台。但他毕竟没有接受过新思想的根本洗礼，在一步步取得近乎绝对的权力之后，他内心的皇帝梦复活了，野心的膨胀使他失去了对形势的基本判断，他认为恢复帝制可以恢复中央政府的权威，有利于对全国的统治。上有好者，下必甚焉。在袁世凯的默许下，一个改共和制为帝制的运动在全国出现了，一些人开始为此大造舆论，各地官员纷纷上书拥戴袁氏登基称帝，所有的不同声音都被压在了下面，袁世凯已为一个假象所包围，以至于当他自以为顺应民意民心登基之时，却发现他面对的是一个异样的世界，这个世界已容不下皇帝的存在。

袁世凯的可爱和天真之处在于，他想当皇帝，那么就要当个名副其实，一定要把共和制改为帝制，一定要有皇帝的名号和礼仪。在这点上，袁世凯可以说是一个真小人，自己是一个小人，那么就毫无忌惮地行小人之所行，表明自己就是一个小人。在一些国家和地区，那里的政治家却还不像袁世凯那样幼稚，他们有着帝王也不能比的无上权力，而且权力也可以世袭，但他们却不自称为帝，一切都是在共和、民主和法律的名义下进行的。这些人与袁世凯相比，可以说是伪君子，从伦理学的观点看，伪君子比真小人更可恶。

【原载 2003 年 5 月 21 日《经济导报》】

又一种"说了算"

符 号

"说了算",有"说了算数"与"说了算了"两种语义。最近有文友告我说,还有第三种,叫"凭说了算数"。

乍听不解其义,细思量深感此言不虚。

西北某贫困县,由于政绩突出,脱贫致富,一举甩掉了多年的贫困县帽子,于是媒体报喜,领导嘉奖,有关负责人晋升,贫困救济款以及相关优惠政策当然也随之取消,这一来让全县农民和后任领导叫苦不迭。因为实际上该县自然条件恶劣,财源枯竭,新的经济增长点几近于零。所谓"脱贫甩帽",不过是县太爷嘴上的功夫——"凭说算数"。顶头上司当然也是个"凭说算数"的角色,部下工作有方,当然是自己领导有方。于是后任不得不四处奔走,重新据实叫苦,上级"上上级"只好又据实还该县"贫困县"的本来面目。如此骇人的"说了算",真叫人不寒而栗!

近读一套叫《老新闻》的丛书,那是权威大报过去几十年重要新闻的实录。其中报道1958年

"大跃进"放"卫星",至今令人咂舌。连著名老作家康濯也以特约记者的身份长篇报道河北徐水"一亩山药一百二十万斤"、"一棵白菜五百斤"、"小麦亩产十二万斤"、"皮棉亩产五千斤"……他显然是上了"说了算"的当,通通是由了那里的干部胡吹瞎说,闹出笑话,回避不能。作为那段历史的亲历者与见证人,笔者真像在读一部现代版的《资治通鉴》。

有领导重"说",嗜"说",迷信"说",好凭"说"衡人论事。自己带头"说",也要求部下跟着"说"。每摊任务、看政绩、评功过、定是非,不看做得如何,专看"说"得怎样。只要"说了",就信以为真,就高兴,即使不信,也犹以为真。不管"含金量"、"含水量",都一律广播出声、荧屏现形、报刊成文、简报有份。当然表彰通报、颁发奖金、"乌纱"晋级……也就不在话下了。

有人搞调查、检查,也常陷入"听取'说'声一片"的怪圈。大都先由被调查、检查、考查、审查者自己"说"上一通,先入为主地"说了算",皆大欢喜。"马马虎虎走过场"或"认认真真走过场",大抵都在这种"说"风中进行。

再如"讲学习,讲政治,讲正气","讲"本为"讲求"、"讲究"、"重视"、"倡行"之意,可在有的人那里，"讲"成了"讲话"即"说"即纯嘴巴功能的运用。慷慨陈辞，纸上谈兵，隔靴搔痒空对空导弹满天飞。心术不正者，正利用了这种心照不宣的价值取向，迎合讨好，谋取资本。有人私下口吐真言："所谓'理论'、'代表'，可以不做，但不能不说。"伪君子面目，清晰无遗。巨贪成克杰、胡长清、慕绥新、马向东之流不就在这种"说了算"的程序中，"'三讲'过后尽开颜"，一个个成了"坚持基本路线"的"优秀干部"么。"说了算"，实际是他们的一块遮羞布、护官符。

"凭说算数"的逻辑，无异于"广告=商品"。事实正告我辈：尤须相信"做了算"。

【原载 2007 年 8 月 31 日《工人日报》】

"伟人"的国际性

魏剑美

　　也不知是咋回事，在民主、自由、人权观念日益成为人类共识的今天，国人的"伟人情结"、"英雄情结"反而越来越浓烈了。红色"伟人"就不必说了。但凡一个时期内强权在握、杀人如麻者，都可以在今天找到知己和崇拜者。大兴"文字狱"的康熙不能"再活五百年"让无数现代崇拜者痛心疾首；即便是暴烈如焚书坑儒的秦始皇，在张艺谋及其广大追随者的眼里，也成了心怀天下、恩泽苍生的超级大英雄。更让人吃惊的是，残忍、昏庸、奢侈、丧权辱国都达极致的慈禧，近日也借尸还魂，成了"优秀的政治家"，换句话说，也就是"英雄"或者"伟人"。这还不算，不少人还崇拜上了国际"英雄"和"伟人"，譬如拉登、萨达姆等等。美伊交战正酣之际，笔者的课堂上，就有不少大学生神情激昂地宣称"萨达姆是民族英雄"。

　　考察国人心目中的"英雄"、"伟人"，其共同特征是推行强权政治，善用铁腕统治，个人的绝对权力是他们压倒一切的中心。另一个突出的特征是，他们都是万民拥戴、颂歌如潮、雕像林立。在御用文人和奴才作家、编剧家眼里，他们不仅功高如山，而且个人魅力非凡，无不心忧天下、慈爱可亲。

置身"英雄"、"伟人"营造的"爱国主义"氛围里，我们很容易被他们的神功武治和强悍的气质、决然的刚毅、"维护民族尊严"的勇敢所迷惑，常常忘了换一个角度来看待他们的价值，那就是从人类利益、人类文明的角度来考察他们到底给人的发展与进步带来了什么。

从个体的人的命运来看，在萨达姆治下，数千人被割掉耳朵，几十万人"神秘失踪"；仅仅因为黑板上的一句"反动言论"，全班学生被抓，七人被处死，五十六人下落不明；"优秀的政治家"慈禧治下，更是"人为鱼鳖"，一些地方的人口甚至十减其九。人的性命尚且如此难保，更遑论什么"民主"、"自由"了。从整体的民族命运来看，富得流油的伊拉克在"伟大的萨达姆总统"领导下打了二十多年仗，打得民不聊生；"优秀的政治家"慈禧更是让中国成为列强刀叉下的西瓜。由此看来，每个漠视人的尊严与权利的"伟人"或"英雄"，带来的不仅是本国人民的生灵涂炭，更是整个民族、整个国家的巨大灾难。

不可否认，一些强权统治者在一定时期做出过贡献，甚至也曾经有过"为人民谋幸福"的愿望与行为，但如果他最终是将国家带向了反文明、反进步、反理性、反民主的方向，无限地扩张他的个人权力乃至达到了可以完全漠视、凌驾国家法制和人类基本尊严与自由的地步，无论他本国的子民们如何"发自内心"地讴歌、崇拜他，国际社会是很难将他奉为"英雄"和"伟人"的，人类历史或早或迟也会做出"大不敬"的结论。布莱尔和布什尽管在伊拉克大获全胜，但包括其国内的反战人士在内的不少国际人士仍将他们视为"罪人"，因为他们"制造了人道主义灾难"，布莱尔更是到处打拱作揖以平息国人的怒气，更别奢望人民的山呼万岁和顶礼膜拜了。历史上最无争议的政治"伟人"恐怕当数华盛顿和林肯了，因为他们毕生致力的是人的自由与解放，促进的是人类文明的发展与进步，"不允许别人凌辱自己，也决不允许自己凌辱别人"。即便如此，当他们在位时，也仍然不曾有国民将他们比之如日月，爱戴胜父母，更不要说做什么"永远忠于"之类的政治表态了。

当某一天，生活的空间里没有了政治"伟人"、政治"英雄"，也没有人痴迷政治"伟人"、政治"英雄"，那时，就是人民有福的时代了。

【原载 2003 年 6 月 29 日《三湘都市报》】

人咬狗之后的系列报道

魏剑美

　　某地发生了一起人咬狗事件，于是我们看到了一系列新闻报道和评论员文章：

　　《咬狗英雄自述：咬的感觉真好！》、《他为什么只咬母狗？》、《我和咬狗者是邻居》、《二十一世纪咬狗英雄排行榜》、《咬狗英雄出任某牙科医院形象代言人》、《从人咬狗事件看品牌营销》、《咬也是一种生产力》、《狗狗，被咬后你过得还好吗？——本报对被咬的狗献爱心》……

【原载 2006 年 11 月（上）《杂文选刊》】

如今我们怎样做儿女

魏剑美

某一年的教师节,我一个人在家,来了一群我在乡下教书时候的学生。很少下厨的我手忙脚乱地给他们搞饭吃,学生们说要帮忙,但事实上除了添乱外什么也做不来,我干脆让他们坐在客厅里高谈阔论。一顿饭吃后,仍然是我一个人在厨房里默默收拾,洗碗刷锅,烧水拖地。身为大学生的他们继续在那里高谈阔论,我突然心生悲哀:为什么他们居然可以这样心安理得?

转念一想,这么多年来自己又何尝不是这样对待父母的?每次往家里带回客人,自己只顾胡吃海喝、打牌聊天,又哪里想过去厨房帮两鬓花白的母亲摘摘菜或者捶捶腰,帮父亲去接壶水或者倒袋垃圾?客人走后,自己洗漱完毕立马倒头就睡,甚至没和忙碌不停的父母说上几句话。我何曾想过他们的感受?

曾经看过一个古代笑话:一个地主突然大发善心,把债户们招来,宣布免除他们的债务,但要他们表态下辈子怎样报答。债户们都说下辈子给地主做牛做马，唯独一个欠债最多的人说："老爷，我欠你的太多，做牛做马都没法回报，下辈子只有做你的爹才能报答你了！"当时看这个笑话，大家说这个债户得了恩惠还占人家的便宜，很有些"劳动人民的智慧"。但现在再来看这个笑话我却笑不出来了，因为我实在想不起还有什么是比做人父母更为彻底的报答。

在"孝道"这个概念渐渐淡出人们头脑的今天，我们常常简单而庸俗地理解对于长辈的赡养义务，就是每个月给他们钱，逢年过节给他们买点吃的用的。我们甚至连坐下来听他们唠叨五分钟的耐心都早已失去。与此同时，我们却可以耐心而温柔地陪孩子将一个简单的积木游戏玩上一百遍。父母多年的风湿胃病关节炎我们可以熟视无睹，孩子偶尔的一声咳嗽却可以让我们高度紧张。——我们忘了，多年前我们的父母就是这样溺爱我们的，而且直到今天他们身上仍然有着浓厚的溺爱情结，也正因此，他们可以宽容着我们的疏忽、慵懒和无礼。

只要换位思考一下，我们就会明白老人们期待的其实并不多，也许只是进门时放好的一双鞋，出汗时递过来的一条毛巾，过马路时的一次小心搀扶，生日时的一声温馨祝福。这些细微之极的事，就可以让老人的心灵得到怎样的满足！我们在埋怨老人们啰嗦、琐碎、不理解年轻人的时候，我们自己又何尝理解了他们所需不多的期望！我们对配偶、对孩子的百般迁就暂且不说，在单位上我们迁就了多少大会小会的啰嗦和琐碎，受到过多少不被理解毫不公平的对待，在应酬场合我们多少次耐着性子去体谅和照顾他人，而对给予过我们最无私关爱的父母，为什么就不可以更多一些体谅与善待？也许，只要我们每个人拿出对领导、对客户、对帅哥美女那种热情和殷勤的百分之一来对待生养我们的父母，多少原本荒凉凄冷的父母之心将因此而变得幸福充盈！

【选自 2006 年 11 月 4 日中国人博客】

我的政治面貌是——

周 实

又要填表了,无论什么表,只要涉及到个人,都有政治面貌一栏。

我的政治面貌是——捏着笔,犹疑着,终于写下三个字:"无党派"。

"嗬,什么时候成人士啦?"旁边,同事笑起来。

转过头去看着他,不明白他说什么。

"不要装傻啦!"当头一棒喝,"无党派也算一派!不然,怎么称人士?"

就这样,一下子,我又从那高贵的"人士"变回普通的"群众"了。

"群众"填了几十年了。到底填过多少表,连自己都记不清了。现在比以前,表是少多了。时代到底不同了。

究竟何谓"群众"呢?望着我的政治面貌,我只能在心里面,耸耸肩膀,摇摇头,然后摊开两只手,做出一副不可理解且又无可奈何的样子,就像外国电影里那些时髦的明星。

真的不知何为"群众"。

如果仅从字义来看,"群众"只是一个概念,一个无数的概念而已,一个集合的概念而已。"宰治万物,役使群众",《史记·礼书》这样说。当然,那是古时候,现在已经不同了,"群众是真正的英雄"了,"群众的眼睛雪亮"了。

且不说什么"真正的英雄",也不说什么"雪亮的眼睛",只说我和这"群众"究竟是何关系吧。如果我不能代表"群众",我又怎么能填"群众"?如果我真代表"群众",就应该填"群众代表"。如果我只是一个"群众",就只能填"群众一员"。这样才算准确的吧。问题是还要挨批评,说我什么脱离"群众"。既然我就是"群众",我又怎能脱离"群众"?怎能自己脱离自己?还说这是"群众"意见!说我不听"群众"意见!说我眼里没有"群众"!我眼里能没"群众"吗?其他东西,我看不到,"群众",我还看不到吗?"文革"可是看够了。看够了如何运动"群众",看够了"群众"如何运动,看够了如何迫害"群众"。看够了如何受"群众"迫害!迫害"群众"是可鄙的,那可真是极可鄙。受"群众"迫害是可悲的,那可真是最可悲。那时,"群众"这两个字才充分显示了它的属性——只是一个概念而已,一个集合的概念而已,一个虚妄的概念而已:每个人都在受迫害,每个人都在迫害人。你到哪里去申诉,你又如何去追究?即使你有地方申诉,即使世上最好的警察,也无法抓捕"群众"吧?冤无头,债无主,"群众"是不负责任的,也没有办法负责任。即使"群众"愿负责任,你又如何将那责任切成无以计数的碎片分给无以计数的"群众"?只有"领导"能负责任,可"领导"又只负"领导"责任!"领导"上面还有"领导","领导"也不是一个人!这时,"领导"也成了"群众"!这时,"群众"虽然还在,却又似乎完全不在。在的,只是每一个人。在的,只是所有个人。只有个人能负责任!

可是,又有什么个人愿为"群众"负责呢?即使他愿,也不能吧?

负责也只是说说而已,无法对应承担的,无法真正承担的。

个人只能对个人负责,对他自己的言行负责!

如果能有那么一天,如果我又碰上填表,仍要填上政治面貌,我能填上"个人"二字,旁人也视其为自然,那——时代想必又不同了。

【原载 2003 年 8 月 9 日《深圳商报》】

书 与 人

周 实

说起书与人，我能说什么，我真不知如何说好。

我只能说这一辈子，作为一个编辑来说，真的没有什么说的，能够说的只有书。

书对我来说，完全就是人，就是人的所谓生命。

做一本比生命还长的书——前段时间有人约稿，约我就此写篇短文。

我能写什么呢？

做一本比生命还长的书——这是多好的想法呀。凡是做书人大都有的吧。

然而，有归有，能不能做就是另外一回事了。

即使你能得心应手，这书做好了，能不能出版，仍是另外一回事。

为何这样说，不须多说的，做书人都明白的。

就在这个明白面前，人自然地就分流了——

有的人从右边过，有的人从左边过，有的人从上面过，有的人从下面过，有的人则不低头，不转弯，非要从那正面过，即使碰得头破血流，就是撞得粉身碎骨，依旧不改那个初衷。

这——就是人的差别了。这——就是人的不同了。

不同的人做的书自然也是不同的。

做一本比生命还长的书——这是多好的想法呀。

只是如何看待生命，人的想法又大不同。

有的生命虽然很短，但那光焰却是很长。有的生命虽然很长，却是只有一点幽光。行尸走肉也是生命，它是命短还是命长？问题是不须回答的，人的心里也明白。只是一旦面对现实，面对金钱，面对权利，明白也就变含糊了，明白也就不重要了。做一本比生命还长的书——这是多好的想法呀——也就丢到一旁了。

做一本比生命还长的书——当然需要智慧的。不过，从目前的现实来看，同时尤其需要勇气，需要勇于失败的精神，需要敢于牺牲的气魄，需要甘于寂寞的心灵。做书有关世道人心，需要的是菩萨之心。

书对我来说，真的就是人。

作为一个做书人，你在做好人还是做坏人？

每天，我都这样自问，这么样的扪心自问。

书也有其命运的。书的命运和人一样，有的

穷，有的富，有的待遇高，有的待遇低，有的只是徒有其名，有的确实名副其实，有的可以升入天堂，有的却被打入地狱。

你愿做个什么人呢？或者做本什么书？

关于写书和编书，我曾写过一首诗，送给我的一位朋友：

各人都有自己的命运
这是无可奈何的事情
诗文也有自己的命运
也是无可奈何的事情
命运可以折磨我们
却无能力改变我们
我们来到这个世上
就是要与命运抗争

做一本比生命还长的书，就要进行这种抗争。只有反复进行抗争，做书人才不会平庸，做的书才不会平庸。

【原载 2006 年 1 月(下)《杂文选刊》】

石子（外六则）

周　实

石　子

　　人的心思，有时候，总是反转重复的，甚至可说很多时候。

　　这是否与基因有关？或者是与生活有关？

　　关于说话，我记得，我曾写过几篇文字，写说话难，写说真话难上难。今天，忽又困于说话，想到实话这两个字。

　　实话就是揭露秘密，无论秘密显而易见还是秘密藏而又藏，被你揭露的那个秘密就像一个"飞去来"，你若把它丢给别人，它会飞回伤害你的。

　　"从来不说实话吗？"

　　"一般来说不敢说。"

　　"就因它是'飞去来'？"

　　"因为你一说实话，也就毁了它，马上变了味，成了具死尸。"

"它是谁?"

"是秘密,就是所有事物的真相。"

想起我在小的时候,用那弹弓射杀麻雀,或者射杀一只鸡,那鸡飞转着,旋即倒下了,生命真是脆弱呀!当时心里还得意,现在回想就难受,不知有过多少罪过!

实话就是那粒石子,真相就是那只鸡。

真 相

真相总是埋得很深,就像地下的黑色的煤,就像地下的褐色的油,你必须去寻找,你必须去挖掘,必须开拓深深的井巷,才有可能看到它,才有可能获得它。

真相为何会这样呢?因为掩饰的风沙太大,因为偏见的石头太多,因为阴谋的泥土太厚,它们合起来将它深埋了。

而人大多真的很懒,懒得去寻找,懒得去深挖。

每次找到一定时候,每次深挖到一定程度,手就疲软了,停住了。

结果:看见的只有风沙,只有泥土和石头。

这些风沙、泥土、石头,反倒将人活埋了。

假的总是掩盖真的,假相常常蒙蔽真相。于是,我们总是听说:什么什么又解密了,什么什么也公开了,事情原来是这样的——假的总是厚颜无耻,而且一贯花言巧语。

垃　圾

今天收到一本书,一本揭秘的历史书。

翻开,看看前几页,眼睛就被惊呆了。

书中所写的与以往认定的,完全两回事。一个天上,一个地下,真的是有云泥之别。

以往知道的全都是假的,真实已被掩埋了,被那假的掩埋了。

眼前所见的就是真实吗?

先前,你有一双眼睛再加你的一对耳朵,结果仍有很多秘密,你活到头也不知道。你不可能在白天看见哪怕一颗星星,也不可能在夜晚看见那么一缕阳光。这是令人遗憾的。

然而,在今天,你就是有十双眼睛,你就是有十对耳朵,借助先进的科学仪器,也难扫描到那真实。你所面临的是信息的战争。你的眼前堆满了大山一样的信息垃圾。

交　谈

他们的交谈很优雅,至少姿势很优雅,声音

很优雅。

他们是在搞活动，每个星期都要搞，在参观，在学习，在宾馆，在景点，公费的。

他们的声音都不大，可以说是低声细语，飘荡在那树荫之下。

声音的内容不外交配，或者金钱，或者权力。

他们的语调漫不经心，却是出自很深的用心，时不时地洋洋自得，骨子缝里却是空虚。

他们谈得断断续续，裤线笔直，皮鞋锃亮，和着高跟鞋的走动，随着香水香气移动。

光线一直肮脏混浊，浮尘上下，无法捉摸。

戏

很久没有去剧场了。五年？十年？二十年？

台上一分钟，台下十年功。人生大舞台，台下几世功？

前台脚灯已经打开，光明，黑暗，同时分开。

有的演员被灯追着，有的演员暗中藏着。

我也一分为二了，一半在台上，一半在台下。

剧场也各式各样，木的，石的，天鹅绒的。

演员也各式各样，有年轻的，有年老的，年轻的还嘴上无毛，年老的已胡须好长。

你就这样落入圈套,跟着哭泣,跟着欢笑。你的热情即使再高,也像风暴一样短暂。随着曲终,人也星散。

太阳终于升起来了,雾也随着升起来了。
你已看过好多戏了,好多戏名都已忘掉。能记住的只有几个,可是,有时,还是记错。有时,你在说着"这个",然而,确实,它是"那个"。

剧场就像一座火炉,观众就是炉边的水。
有时,是火烧沸了水。有时,是水浇灭了火。
有时,你在火上烤着。有时,你在水上漂着。漂着,漂着,漂出灵魂,只留下了致命的虚空。
你——永远不是自己的主人,生来就是为了跟从。
命运,意志,令你困惑,就像灯光晦涩不明。
剧情已经那样展开,谁又能够改变剧情?谁又能够让它随意?谁又能够使它顺心?

真理永远是不同的,而且还是很各自的。
只有时间对人一样,在人脸上留下皱纹。
无论你是一个演员,还是一个普通观众,时间对你都是一样,让你生存,让你决定,而你却又无法决定。

有时，你是一个演员，有时又是一个观众。
有时，你是一个演员，同时又是一个观众。
有时，你看别人演戏，有时别人看你演戏。

猜　测

他又在想什么呢？他又在做什么呢？
是否看中了这个位置？正在寻找什么关系？
她去找他做什么？他是怎么认识她的？
她和他的那种关系多多少少有点暧昧……
他们的目的是什么？究竟怀有怎样的企图？
有时一个人冥想着，有时几个人密谈着，有时甚至监视追踪，日以继夜，夜以继日。
猜测与事实往往不相符。可是，又有什么办法？人们明白这一点，照样在猜测，照样在生活，生活照样循环反复在这猜测之中进行。

路边草

一个人想往前走去，拖住他的东西太多，金钱，权力，男人，女人，房子，孩子，父亲，母亲，等等，等等，就像《红楼梦》里写的那首有名的《好了歌》：世人都晓神仙好……惟有什么忘不了？忘记了，忘记了，一时半刻说不全了，我又可以往前走了。

一个人想往前走去，拖住他的东西太多，童年，少年，青年，壮年，恨爱情仇，疑心，恐惧，等等，等等，数不胜数，只能边走边回头了，越走方向也越偏了。

一个人想往前走去，他刚踏上路程之时，嫩得就像那路边的绿油油的一根草。

一个人想往前走去，他再走也走不动时，老得就像路这边的黄乎乎的草一根。

【原载 2008 年 4 月（下）《杂文选刊》】

个人正义与国家正义

葛栋玉

1990年5月5日,戈尔巴乔夫签署一项命令:追授二战女飞行员莉利·雅莉特凡科"苏联英雄"称号并颁发金星勋章。此时,烈士战死沙场已然半个世纪。——正义,真是姗姗来迟!

莉利·雅莉特凡科是个非常迷人的姑娘,战友们都亲切地喊她莉莉(Lily,百合花)。她的一生仅仅活了二十二岁,却一百六十八次出战,独自消灭敌机十二架,摧毁德军炮兵观察气球一个,并且还与战友合作三次击落了敌机。这些辉煌的战果,使她威名远播。偏偏莉莉又天性爱美,在机舱左右画了两朵百合花。德国人一直把这些花误认为是白玫瑰,就送了她个"斯大林格勒上空的白玫瑰"的外号。以至于许多德国飞行员一看到这两朵"白玫瑰"时,立即就要开足马力溜掉。

人生天地间,报效祖国是非常崇高的事。莉莉从不畏惧敌人的炮火,最担心的倒是身后的冷枪。自1937年,她父亲因获"人民的敌人"的罪名而被处决后,家里就陷入了凄凉的绝境:弟弟怕受牵累，改用了母姓，所有的亲友也全都躲开了去，没有一丝同情和安慰。那一年她才十六岁，可红色恐怖早已深深地侵入了骨髓。长久以来，她的心中一直有种恐惧。她害怕自己会忽然在人世间消失，在无人知道的情形下死去。

　　1943年8月1日，8架德军Me-109战机组成的歼击队将莉莉团团围住，在万弹齐发中，"斯大林格勒上空的白玫瑰"永远凋零。战友们怀念莉莉，在她被击落的地方立了一块石碑，镌刻了十二颗金光闪闪的五角星来纪念她的战绩。并且特意在墓碑上留出一块空地，准备着政府授予她"苏联英雄"的称号时，再补刻上这个崇高的荣誉。然而，来自官方的回应却大出意外。某些人怀疑莉莉并没有死，而是被德国人俘虏了，并且她的父亲是因政治罪被处决的，因而莉莉也被认为在政治上是不可靠的。这些臆测和无妄像毒蜘蛛一样缠住了一些人僵化而丑陋的心灵，一个战功赫赫的烈士，竟未能得到任何政府嘉奖！

　　一个国家，应该是一个为民众服务的机构。当一个政府不能体察民情，不能伸张正义的时候，就昭示着这个时代的道德正在沦丧，良知正在泯灭，老百姓正在酝酿着拍案而起。

　　出生入死的将士们终于被激怒了。莉莉的战友依娜咆哮起来：我才不信这些胡说八道呢。我要"对天发誓",一定要"为莉莉讨回公道",哪怕"用我一生的力量","一生的时间"!

一百年前的法国作家左拉就提出:个人正义维护着国家正义,个人尊严组成国家尊严。虽然说,个人正义和国家正义在本质上应该相辅相成。但历史常常出现这样的情形:每当政府呼唤正义的时候,人民总是热血沸腾赴汤蹈火;一旦百姓呼唤正义的时候,官方总是患得患失缩手缩脚。

1941年6月22日,苏德战争爆发的当天,苏联外长莫洛托夫发表演讲说:"我们的事业是正义的,敌人必将被毁灭,我们必将取得胜利。"顿时,全国好像炸开了锅。"几个小时内,各个征兵站点就挤满了前来应征的人,其中就有那些女飞行员。"而当1943年8月1日,"斯大林格勒上空的白玫瑰"香消玉殒之后,依娜为了给"莉莉讨回公道",一直"讨"了四十七年。开始是与丈夫结伴,后来又与孙子同行,耗费着精力,耗费着钱财,一次次重返昔日的战场,一回回重温过去的梦想。心中悲苦,有谁能知?

一天,两个男孩在田野间玩耍。看到一条蛇钻进了洞里,就想把它挖出来,谁知竟然发现了一具女尸,她穿着纤小的飞行夹克,身上还装着证件。于是,莉莉终于被找到了。——依娜感叹地说:我的愿望实现了,现在"可以有权利平静地死去了"。

  正义，作为一种客观公正的、有益于人民的法则。如果总是被当局轻易地漠视，如果总是需要历经千辛万苦地去追求、去寻找，这个所谓的正义也就变成一种伤害人心的东西了。它不光破坏着人民与政府的感情，疏远着百姓与官方的距离，似乎还在构筑着一种亡国的悲剧。就在戈尔巴乔夫签署追授荣誉的命令一年之后，克里姆林宫头上的旗帜不是变色了吗?！

     【原载 2003 年第 10 期《看世界》】

施瓦辛格的当选
和我们的无知

何三畏

当施瓦辛格青年时代"私生活一片狼籍"甚至吸过毒的消息传出来时，我想：他会放弃竞选吗？他还有成功的可能吗？当多名女性出面指认施瓦辛格"未经她们同意就对她们动手动脚，令她们感到恶心"时，我心里又一念闪过：这哥儿们可能完了。

事实上施瓦辛格没有放弃，并且当选了。现在想来我感到不好意思，我承认我有时比较无知。如果说吸毒"改了就好"，选民要的是现在的施氏而不是当年那个少不更事的青年，而性方面的不洁史应该比吸毒更不容易被公众从心理上予以谅解，可是，施氏还是当选了。（2003年）10月2日，媒体披露施氏过去的性丑闻，施氏没有抵赖，他立即在加州南部的一次集会上发表讲话，承认自己对待女性的行为不够检点，并公开道歉。这才是一个星期前的事情，一个星期后，他当选了。

我们的媒体早为这次美国加州的州长罢免选举准备好了一整套现存的轻蔑评语:"好莱坞大片""肥皂剧""口水战"等等。这样的"世界观",省事是省事,痛快也痛快,但却可能正好暴露了自己的政治观念没有与时俱进,没有与世界接轨。

的确,在世界政治方面,有许多我们"不能理解"的事情。

首先,施瓦辛格这个私生活历史上有问题的人,当选了州长的事实,按我们中国人的政治观念和道德谱系就不好理解。在很多人的意识里,这差不多已经成为他们的一桩"原罪"。但实际上,并不是因为他们有情妇,才是腐败官员,而是因为他们掠取了公款养妓纳妾,使用了公共权力引诱或者胁迫妇女。如果不是这样,如果他们花的是自己的钱,如果没有因此而对社会构成伤害,那就只是个人道德的问题,就不是罪。而在美国人的观念里,公德和私德是分得很清楚的。你可以想象克林顿在白宫里一边玩弄着雪茄,把实习生的蓝裙子弄脏的样子,在私德的范围,这是很过分的,很难以被谅解。美国公众却是事实上"谅解"了他。为什么?按我的理解,无非是他没有动用国库的钱养蓄小蜜,也没有给莱氏弄个副部级干干。这种把官员的政治道德和个人私德特别是过去的私生活分离的观念，看似细节，实际是每一个公民自觉捍卫个人权利的社会平衡的结果，值得我们仔细思量。

我们的媒体当然不会告诉我们，在世界上政治文明的观念下，这次美国加州州长的罢免选举，到底是怎样一出闹剧？但是，我们的媒体特别有勇气嘲弄世界政治。例如，加州"调查"施瓦辛格的"历史问题"没有动用国家机器（没有用国家财政支出大搞一通体制内运作），而是有媒体自动地进入角色，承担使命，媒体不仅自己尽忠守职，也给当事人充分的辩论舞台。这样一来，一切都暴露在阳光下，包括各路重要人物的支持与否，也是直来直去，不可能打招呼递纸条——在我们的媒体看来，他们这样的"折腾"正是他们的"可笑"之处，正是作为"闹剧"留给我们的口实。

既然把它当闹剧看，我们的媒体当然就没有必要报道施氏的政治主张和竞选纲领了。以至我们对施氏的了解，也就只限于他的电影，甚至10月9号我们的媒体报道他获胜的消息，也是用的什么"终结者终结加州选举"之类莫名其妙的标题。可事实上，正如里根一样，施氏除了电影，还有其它东西。他有三个学士文凭和一个硕士文凭。他说了不少选民爱听的话。他说，我有钱，我能保持立场。——他是这样选上的,这不是闹剧。是的,他没有政治经验,他可能比上任做得更差,但是,对于加州的政治来说,这算什么呢?大不了再"折腾"一次,再来个罢免选举吧,人家就是经得起这样的"折腾"。

用卡通级的水准解读国际政治也是我们所擅长的。在选举成功的当晚,在我国一家互联网上,编辑把施瓦辛格笑逐颜开与被罢免的原州长戴维斯垂头丧气的照片拼排在一起,下面配了一个调侃的标题。这就是我们中国人的诛心之论。他们为什么本能地看不到戴维斯风度翩翩体面自持地微笑着,牵着妻子的手,对媒体表示"我和我的妻子向施瓦辛格先生表示祝贺",以及他的"下台演说"?为什么戴维斯的政治风度不符合他们的价值取向,不该受到赞赏,反而应该受到奚落?

这实在太不应该了。世界潮流浩浩荡荡,在马克·吐温"竞选州长"的时代,我们落后了,在施瓦辛格竞选州长的时代,如果还背离世界潮流,就实在是个大大的问题。

【原载 2003 年 10 月 13 日《黑龙江晨报》】

"允许说错话"的意义

何三畏

上周三,北京市市长在听取政协委员的发言后,说了一段很有影响力的话:"政务公开需要大家有一个适应过程,过去我们习惯在事情已板上钉钉的情况下再公开。现在政务公开之后,有些事情公开时可能还不太成熟,有时难免出错。老百姓应允许官员有时说句错话,要不然政府工作人员一对着镜头就紧张,又去念稿,说话怎么会生动?美国总统布什还老说错话呢!说错后,新闻发言人再去纠正就是了!"同样的意思,在他于上周五当选为新一届市长后的记者招待会上,又对媒体表述了一遍。

作为一个政府官员,在正式场合一再阐述同一理念,说明它已经是酝酿"成熟"的了。重要的是,这个观点符合现代政治理念。在这一周里,全国各省市都在开"两会",很多"意见"在媒体上表达,但我认为,最值得看重的就是这一条。

"老百姓应该允许官员说错话",这句话实在不错。人是不可能绝对不说错话的——只有这句话才是绝对不错的。可是,我们背离这个常识久矣。为什么会出现这样的情况?因为"过去我们习惯在事情已板上钉钉的情况下再公开"。"板上钉钉的情况下才公开",就是已经在不公开的范围,"确认"了事情的"正确性"。久而久之,老百姓就"习惯"了不经过自己确认的"正确",就"不允许"官员说错话了。

现在,老百姓需要"允许官员说错话"的原因是,"有些事情"在官员们把它"公开时可能还不太成熟",还没有"板上钉钉"。这就是事情的关键,这是政府行为的进步。老百姓就是喜欢在决定自己的生活甚至命运的大事还"不太成熟"还没有"板上钉钉"的时候就知道一些情况。政府这样做,首先已经获得了程序上的正确性,老百姓岂有"不允许"之理。

事情在"不太成熟"和没有"板上钉钉"之前告诉老百姓,使老百姓有说话的机会——自然,老百姓的话也可能是"不太成熟"的,特别是我国的老百姓长期缺乏这样的操练;万事开头难——在这种时候,官员们也应该"允许老百姓说错话"。要知道,老百姓是官员产生的自然前提,无论你多聪明,也无法选择老百姓,只有反过来才成立。

官员不仅应该允许老百姓说错话,还应该

"允许自己说错话"。问题是,长期以来,官员们已经"习惯了不说错话",总要别人相信他绝对正确。毫无疑问,这是一种巨大的压力,需要对自己有坚强的心理暗示。在这样的压力和暗示下,说话本身对他已经是一种困难。就是"一对着镜头就紧张"。其实,公众也紧张,任何人看到别人这样向自己说话都会感到着急。要把官员从这样的紧张中解放出来,办法之一,就是官员自己要"允许自己说错话"。这样就会不再那么紧张,那么害怕面对公众,以至于总是面色凝重,稿子念得结结巴巴,他们一定会获得自信,一定会知道在什么时候念稿子,什么时候抛开稿子,谈笑风生,充满人情味,说一些"有趣的错话"。

揆度常识常理,一个人不说错话,恐怕是不正常的。美国总统还"老说错话",事实上,美国总统不仅经常说"错话",有时即便说了自以为正确的话,也可能被国会否定而成为事实上的"错话"。

而也是揆度常识常理,人们当然并不刻意要说错话,官员如此,老百姓亦然。只是,说错话在所难免,关键在于知错后要"纠正"。

讲了上面这一段话,概言之,无非就是:允许说错话,就会让所有的力量都得到凝聚。允许说错话才能走向成熟,允许说错话才能导致正确。

·当代合集之八·

所以，我们应该对这一理念深思之，并认真践行之。

【原载 2004 年 2 月 26 日《南方周末》】

文盲农妇为何要当秋菊

何三畏

陕西省吴旗县农民白彩珍因家中被盗,报案后派出所又未能及时出警,多次上访都没有解决问题,反而与当地一位局长发生口角,不料却因此被行政拘留七天。放在今天这个变动的大时代背景下,它不算一个大事件。但是,它包含了很多信息,有助于理解我们今天所处的人文环境,特别是基层社会的人文环境。

我注意到,该农妇是一个三十三岁的文盲。我认为这一点很重要,因为我发现在生活底层不断抗争的,有时在我们看来是非常无谓的或者不可能有结果的抗争,竟然都是最没有文化的环境里最没有文化的人,例如文盲。正是这样的人,他们对正义有着最直接的、近乎本能的要求。他们信奉一个简单得没法再解释的道理:难道这个黑白分明的事情都讲不清楚吗,难道这个明摆着的事情都没有人管吗……之类的问题往往是他们的提问方式。而这样的道理,对于读了一点书,有更多见识的人,就不会这么执着。这样的人们相信,这不是什么,"难道"不"难道"的问题,现实就是这样,我为什么要去当秋菊呢?

看看这位被拘留的农妇吧,她家里被盗,报案后派出所十天后才第一次来到现场,其后又没有了消息,这在很多人看来,应属"正常",或者自认倒霉就算了。可是,这位文盲农妇就不是这样,她采取的办法是,局长不理找县长,不断地"给领导添麻烦"。正是这样一个"过分执着""过分相信基本事理"的人,使这位局长感到受了冒犯,令他把权力用来打击正在请求他给予保护的弱者身上。

可以想见,这位局长见到这位农妇相当吃惊,听听他是怎么说的:"你这个婆姨,为了这点儿事地也不种了,整天跑划得着吗?"这真是妙极之语。它隐含的意思是,你找我们给你办案,你竟然不把你一个人跑来跑去的成本计算在内,愿意得不偿失地给我们找麻烦,你是多么不懂事!局长把这位农妇当成了奇怪的另类。

同时也可以想见,农妇听到局长的话,比局长见到这个"不懂事"的村妇还要吃惊:她只是觉得这是你们部门应该做的事,她何曾想过划得着划不着,正因为她不会计算这个利害得失,才会有这样执着事理的举动,如果她什么都计算好了,她就不需要去找有关部门,被偷了,就赶快自己着手重建——这样一来,就是退回到一种无政府状态,人们花钱供养的政府失去了它的位置。

换句话说,正是这个无知的农妇摆正了一个公民与政府的关系。我们不是在宣传"群众的事,再小也是大事"吗?不是始终要把群众利益放在第一位吗?你是一个知书识理的人,你天天在叹息世界为什么不是更好,可是,你拿这话往心里去了吗?为什么这个无知的农妇能天生地懂得党和政府宣传的执政理念?我觉得这正是我们这个社会的病症之一:大部分知识分子及稍具知识的大众,对现实不抱希望,他们短视,他们现实,他们随波逐流——然后,他们说,我们的民众素质太差,现代政治的一切手续都没法动。他们看不到,在我们这个社会,最渴望正义,最有正义冲动的,就是那些草根们。他们存在得非常真实,他们既承担时代的痛苦也承载时代的希望。你看那位农妇从拘留所放出来后,还在门口转来转去,她想不通:"贼娃子没进拘留所,我反倒进来了!"怎样治理中国社会这样"无知"、这样质朴、数量又这样庞大的草根阶层,正是关系到广大群众根本利益的大事。

看看对事件的处理也很有意思。现在,对农妇的治安处罚已经取消,她会获得国家赔偿,这位局长被上级责成向她认错。局长做了坏事,国家给埋单,这是我们今天所能想象得到的最好结果。

【原载 2004 年 5 月 21 日《南方都市报》】

四川"太太讨薪队"的背后故事

何三畏

2007年9月上旬诞生了一个新奇的名词叫"太太讨薪队",说的是民工们没有得到工薪,讨薪不成,他们的妻子或母亲们结伙而去,终于讨薪成功的新闻故事。

讨薪的"太太们"来自敝家乡,我观察过她们的部分表现,通过了解也知道了一些情况。

我不知道这一招是谁的主意,但是很显然,太太们天生知道利用性别弱势的悲情。另外要说明一下,她们认为不应该叫"太太讨薪队",因为她们从来没有被人称过"太太",按照家乡的说法,应该叫"堂客讨薪队","堂客"者,相当于书面语言里的"贱内"或"拙荆"。但是,没办法,《春城晚报》称她们为"太太",她们就被命名了。

她们先来到该省的城市,先找到当地的记者见面。她们在记者面前,说着说着就痛哭,哭着哭着就倒地,再继续痛哭。大约想到她们的故事将有可能被印刷发行吧,她们那架势,仿佛是忘记了自己此行的目的是什么了,只是试图把所有的人生悲苦都哭将出来。

见过媒体,然后向工地进发。工地很远,西南方向的出境高速公路的一座桥梁,前不着村后不着店,一个叫作一道沟村的地方。据称,此前,男人们去讨薪,资方的人手握报纸包裹着的钢条来待见,男人们见势不战而退。她们此行的出发点,无非是以为资方总不至于殴打妇女吧。可是,结果证明她们想错了。

她们在夜晚十一点到达那个荒山野岭,凌晨两点前被打三次。后方的男人们急得团团转,几个手机打到没有电。但我终究是不太相信国有大公司的管理人员会对夜里突然造访的女人们动手。可是,后来据《华西都市报》的记者说,他打电话到该地派出所,警察说,妇女们身上有"皮肉伤",再问对方的男人们受伤没有,说是"没有"。

这么说来,我和讨薪的妇女们都估错了形势。在妇女们被打的当晚,我提示后方的男人们打电话报警,他们说"没用","都是别人买通了的";我说没用也要打。他们就打了电话,果然没用。男人们一夜难眠,考虑说"不要钱了",这是没有办法的办法。大约凌晨三点,后方男人们得到消息，工地上现存的一百多位民工看到妇女们的待遇，推人及己，担心自己的下一步也是这等下场，决定第二天停工声援。

第二天是星期五，前方的妇女们很焦躁，有一位已经爬上了七十米高的施工吊塔，意味着施工需要停止（这个情节被新闻报道隐去）。后方的男人们还是束手无策。我说，还是要告官（顺便说一句，从开始到最后，整个过程中，"太太讨薪队"和她们后面的男人们，都没有试图告过官，他们坚信那"没用"）；他们说："那你帮我们打电话。"

省委省府，州委州府，市委市府，省信访，州信访，市信访，我把电话打了个遍。多数办公室没人接听，多数信访电话不能通过"114"查寻。接通了的不得要领。已经到快下班了，终于找到了属地县级市信访办的电话。我感谢了那位接电话的女士，我对她说你是我整个下午遇到的"最有公务员职业素养"的一位。然后，我开始"威胁"她，我说："你必须赶快向你们的主要领导汇报，你们的管辖地出现了损害和谐稳定大好局面的群体性事件，在十七大召开前，你们就这样献礼吗？事情闹大了，你们的书记和市长顶得住吗？"该女士急了，说："你别说了，我们已经在汇报了！"

以后应该还有许多细节，但总的情况开始出现转机。资方的车把妇女们送到了市医院，在最后的谈判中，妇女们获得八万元医疗赔偿（准确地说，我是这时才相信我家乡的泼辣妇女们是真的被打了），两百多万元劳务费也达成了支付方案。与此同时，全国的媒体和网站都在转发有关消息，舆论无不谴责资方无良而对"太太"们寄予同情和悲悯。当她们回到省城，该省总工会通过媒体转赠每人五百元抚慰金，她们颇犹豫，先拒收，后接受。

　　"太太"们终获"惨胜"，无心观赏春城美景，急急上路回了家乡。

　　以后好多天，都有朋友跟我说："你家乡的'泼妇'们厉害啊。"我觉得脸上有光，说："是的！"不过，终归是时事造英雄，她们的本事不过是一哭二闹三上吊（塔），值得庆幸的是，公司方面和地方政府具有善待舆论，珍惜和维护稳定和谐的大好局面的共识，否则，连谈判的机会都没有，打也只能是白挨了，还讨什么薪。

【原载 2007 年 10 月 24 日《南方周末》】

黄鹏的苦闷和前途

何三畏

有这样一位青年：他在上海打工。6月10日，他领到了5月的工资，所有收入合计四千七百二十元。扣除了养老金、医疗保险、失业保险以及住房公积金合计八百零六元（能交纳这些钱是一种幸运，表明他在一个相对正规的部门工作），扣除了个人收入所得税一百五十六元四角后，他的工资卡增加了三千六百五十七元六角。你觉得他怎么样？不错啊！他可能算是这个时代最优秀，最有上进心而且运气不错的青年典型。他进入了中国经济最活跃的城市。他的收入已经超过了这个城市大学生、研究生的"中位数"（2008年，上海月工资中位数"最高"的是研究生，为四千六百三十四元，其次是大学本科，为三千元，大专和中职分别为两千两百三十七元和两千零一十三元）。他应该很满意，应该很幸福了吧？如果他这样幸运的青年都不满意不幸福，那其他青年会怎么样呢？

他是《第一财经日报》6月19日的一篇关于

"个税改革呼声"报道例举的一位青年,报道中,他的名字叫黄鹏。报道列出了他的月支出:租房一千二百元——为了节省,他住在郊区,否则,他将拿出一半以上的工资去租房;伙食八百元——对于一个独自生活的青年来说,这不能再省了;交通、通讯三百元——他必须少打电话,每天早晨7点前起床去坐入城公交。这样,他的支出合计两千三百元左右。理论上,还剩有一千三百元(报道为黄鹏算的经济账到此为止,下面是笔者的"推论")。但黄鹏应该有他的交际、文化和娱乐消费,他需要恋爱需要请女朋友喝咖啡看电影,他可能偶尔没有赶上公交而不得不打的,他还需要一个笔记本电脑同时会产生上网费,他也应该考虑在一定程度上回报一下父母……如果这些开支在一个月间同时发生一项以上,他的财务就会出现赤字;而没有这些开支,作为一个青年来说,他的生活又怎么谈得上"完整"。

　　这就是今天的中国都市里的赤贫青年的生活,所谓"月光族"。他们辛苦地工作,但是他们的人生计划却不可能开展。他们的生活处于"不可持续"的状态,脆弱得随时可能断链,而他们的未来不知道在哪里。但他们的状态还是他们身后的大量青年的梦想。他们不能终止城市梦,事实上也没有退路。可是,城市梦只能伴随着绝望。因为黄鹏即便"十个月不吃不喝才能在上海中环买一平方米的房子"。他们只能彷徨着。惟一的希望在于社会许给他们一个收入有所节余的未来。目前的日子只能叫苦挨。可是,"月光族"的收入已经超过个人收入所得税一倍,黄鹏们正是为政府缴纳所得税的主力人群。

　　这是一代满怀理想或野心勃勃的优秀青年的命运。他们是按照教育阶梯拾级而上的幸运儿。每年的高考在为社会挑选青年生活的区间,从结果来看,其实也就是让青年们选择了不同成色的苦闷。黄鹏的苦闷是发展的苦闷,也许在八成没有通过高考的青年看来,这是奢侈的,因为他们自己的面临的是立足的艰难。而绝大多数地区的大学毕业生的起薪点在一千多,如果他能够顺利就业的话。但绝大多数县城也不会是这种收入状态的青年的友好城市。还有大多数青年并没有考上大学,除非他们出生在北京上海这样绝无仅有"资源丰富"的城市。而大多数没有考上大学的青年属于农村户籍,当富士康都聚集着受过高等教育的青年的时候,中等文化水准以下的青年便只能散布在"主流社会"的视野以外的空间。

　　今天,很难有一个青年可以说,他可以凭着自己的才华顺利地进入城市,把握自己的命运。城市已然是一个稳固的利益格局,它首先以房价的狰狞面目阻挡了青年上进的步伐。房子成为打击青年信心的利器。城市让青年的生活失去尊严。当然,最后还是有一些青年以高额的贷款和利息成功地把自己的"下半生"抵押给了房地产商和银行。这个数字往往跟他们的收入不成比例,使他们的生活显得更加脆弱。但现实教训了他们,当房奴要趁早,因为等你辛苦攒起首付,成倍上涨的房价可能给你增加了几十万到上百万元的负债,使你未来二十年的劳动所得化为乌有。这样的经济剥夺焉能不叫初涉人世的青年们惊惶失措。

所幸当前全社会都意识到了社会公正的重要。可是,当人们讨论这个事实的时候,其出发点在于"社会稳定",绕了一圈,又归结到"社会稳定"。按照这些学说,如果有一种良策可以使得社会一直稳定,似乎就没有必要考虑社会公正了。基尼系数太高,财富过分集中只是作为消费不振和社会震荡的政治经济学目标。没有人老老实实地指出,社会不公是承受不公的个体的牺牲,是一种生命代价,这本身就是不可容忍的,而不是为了避免社会风险和维护已然不公的利益格局的稳定,才需要考虑社会公正。一个社会重返公正是一个系统性的修复工程。但即便万事紧迫,也不能对一代青年的痛苦麻木不仁。从前,说到青年的前途的时候,往往特指政治前途。因为青年联系着国家的命运和民族的理想。今天我们不得不考虑青年的生存处境，尽管这两者是分不开的，但生存的问题毕竟不能拖延。

【原载 2010 年第 22 期《南方人物周刊》】

·当代合集之八·

让中国的阵亡将士不再寂寞

郭松民

这两天，无意当中在电视上看到了两次英国纪念阵亡将士的场面：一次是（2003年）11月8日，在皇家艾伯特大厅举行的"荣军纪念星期日"仪式；一次是11月11日，在海德公园举行的"一战结束纪念日"仪式。

在画面中，我看到了一脸虔诚的女王伊丽莎白；看到了身着戎装、因为缅怀牺牲的战友而老泪纵横的二战老兵，听到了为了让牺牲者永远安息而吹起的军中熄灯号——作为一个已经退出现役的军人，这个庄严肃穆的仪式让我从心底涌出了一种莫名的感动，同时也产生了一个抑制不住的疑问——"由此上溯到1840年，从那时起，为了反抗内外敌人，争取民族独立和人民自由幸福，在历次斗争中"阵亡的中国将士们，无论怎么算也应该有几百万之众吧？为什么我们没有个专门的日子来纪念他们呢？假如他们在天有灵，和其他国家的阵亡将士们比起来，他们会不会感到格外的寂寞呢？

严格说起来，作为历史上最强大的殖民帝国，英国发动或参与的许多战争都是不义之战，比如为我们中国人所熟知的两次鸦片战争和八国联军之役等。即便是第一次世界大战，也不过是老强盗和新强盗之间为争夺"老大"的地位而进行的一场恶斗。但从英国自身的角度看，响应国家的召唤奔赴前线，就是在尽一个军人的天职和一个公民的本分，应该享受后人给予的隆重荣典。

中国的情况却完全不同。远的不说了，自1840年以来，中华民族和其他民族发生的所有战争，都是在受到侵略之后而被迫进行的自卫战争。但那些为了民族生存而血洒疆场、理应得到我们最大尊敬和怀念的阵亡将士们，却似乎被有意无意地忽略了——世界上几乎所有的国家都有自己的"阵亡将士纪念日"，但我们没有。我们有元旦、有春节、有"黄金周"，还有时尚一族们热衷的"万圣节"、"圣诞节"等，但我们没有一个以国家的名义规定的纪念日来纪念我们的阵亡将士。今年是朝鲜战争结束五十周年的日子，其他的几个主要参战方都举行了隆重的仪式纪念牺牲者，惟独中国一片寂然。"人民英雄纪念碑"前通常也是平静的，只有外国首脑来访时，我们才会看到献花的人群。

这种有意无意的忽略，实际上已经带来了严重后果。2001年，株洲市的一座抗日阵亡将士公墓被私人工厂侵占变成垃圾场；2002年，安徽一座新的新四军烈士纪念碑是靠一位退休老人花尽毕生积蓄建起来的——这些消息都让我感到压抑。当今世界，毕竟还是以民族国家为主要组织形式的，在看得见的将来也还是这样，而中国的周边远没有太平到海不扬波的程度。我们现在如此慢待那些为国捐躯的先辈，将来我们如何号召我们的年轻人走上战场呢？靠百万元年薪吗？

伯利克里，这位古希腊著名的政治家在伯罗奔尼撒战争中，在一次阵亡将士的国葬典礼上发表了一篇影响深远的演说。他提出："每一个人在整个国家顺利前进的时候所能得到的利益，比个人利益得到满足而整个国家走下坡路的时候所得到的利益要多些，一个人在私人生活中，无论怎样富裕，如果他的国家被破坏了的话，也一定会陷入普遍的毁灭之中，但是只要国家本身安全的话，个人就有更多的机会从私人的不幸中恢复过来"。基于这一认识，伯利克里认为，为国捐躯的英雄是"生命的顶点，也是光辉的顶点"。

伯利克里的话没有过时，我们需要自己的阵亡将士纪念日，我们应该在每年的这个日子为他们举行一个隆重的国家仪式，当我们的阵亡将士不再寂寞时，我们的国家就会变得更安全、更伟大，我们的人民也会变得更高尚！

【原载 2003 年 11 月 21 日《人民法院报·正义周刊》】

老兵安在?

郭松民

湛蓝的大海,金黄色的沙滩,在法兰西6月的晨风中,一队身着军服的耄耋老人蹒跚着走来。清朗的阳光打在他们脸上,他们胸前的勋章熠熠生辉。

军乐队奏响了迎宾曲,礼炮轰鸣,年轻的军官和士兵们庄严地抬起右臂——老人们知道这是在向他们致敬!女王站起来了,总统站起来了,总理、首相和部长们站起来了,来自世界各地的不同年龄、不同肤色、不同性别的民众也站起来了,并且用不同的语言欢呼——老人们知道这是在向他们致敬!

这是在诺曼底——这些耄耋老人都是六十年前在这里登陆的老兵。他们的很多战友长眠在这里,他们自己也曾经准备把血洒在奥马哈海滩上。今天他们之所以故地重游,就是为了接受欢呼,享受荣耀。希拉克总统在一个礼宾官的陪同下,再次向他们授予了法兰西共和国荣誉军团骑士勋章,然后致辞说,法国和欧洲对他们永远感激!

老兵此时此刻都在想什么？我不得而知，曾经拍摄了以诺曼底登陆为背景的影片《拯救大兵瑞恩》的好莱坞大导演史蒂文·斯皮尔伯格，在纪念仪式后引用父亲当年的一句话形容这些健在老兵的心境："我们不怕死亡，我们怕被遗忘。"如果真是这样的话，老兵们可以放心了，他们不仅没有被遗忘，在这一刻还成了全世界注目的中心。六十年前的"D-day"，当他们在枪林弹雨中冲上滩头的时候，可能没有想过会有今天，但有了今天，他们当年的牺牲，便全都得到了补偿。

诺曼底的庆典也吸引了万里之外的中国人的目光，有的媒体开始寻找参加过登陆作战的中国人。这条消息让我的心里产生了一种难以言说的复杂感觉：在诺曼底战斗过的中国人固然值得给予最大的关注，但那些在我们自己的国土上和日寇拼过刺刀的老兵，是不是也应该受到我们同样的关注呢？那些在卢沟桥、平型关、台儿庄以及在八年漫长的战争中，所有在正面战场和敌后战场浴血奋战过的老兵，他们都在哪里呢？我们是不是也应该选一个适当的日子，比如"七七卢沟桥事变纪念日"、"8.15日本投降纪念日"或者"九三抗战胜利纪念日"，让他们胸前挂满勋章地接受我们的欢呼和敬意，然后庄严地告诉他们：中国和亚洲对他们永远感激？

但，这个想法对中国的老兵们可能太奢侈了。实际上，有些中国老兵的故事听起来让人心酸。不久前，经历了卢沟桥事变的老兵付锡庆老人去世了。当年他是二十九军三十八师张自忠将军麾下的一名机枪手，在北京南苑和日本鬼子进行过肉搏，并因此失去了一条腿。后来作为天津的一名清洁工度过了自己的余生；另一位同样经历卢沟桥事变的老兵杨云峰，要饭甚至要到了"抗日战争纪念馆"；去年我还巧遇了一位同时参加过抗战和抗美援朝的老战士，他对抗美援朝胜利五十周年没有任何纪念活动无论如何也不理解，言及那些牺牲的老战友，止不住老泪纵横……

我们是一个不知道感恩的民族吗？好像不是。滴水之恩，当涌泉相报，不正是我们的格言吗？但我们的感恩似乎从来都是朝着上方的，市长挤了一回公交车，我们会感恩；无端坐了冤狱又被平反，我们会感恩；老板欠的薪金终于又发下来了，我们会感恩。但对那些为了国家独立和人民的自由幸福献出了青春乃至生命的老兵，我们为什么不感恩呢？

一个不知道感恩的民族是不会有未来的。老兵们已经不多了，而且还在不停地凋零。抗战爆发时二十岁的老兵，今年就应该是八十七岁高龄了；抗战胜利时二十岁的老兵，今年也应该是七十九岁高龄了。一位接受了"荣誉军团骑士勋章"的美国老兵霍斯勒说:"我感到付出的一切都很值得!"明年是抗战胜利六十周年,我希望我们也能看到一个隆重的庆典,能够听到有人对他们说"我们永远感激",能够在经历了这一切之后,听到他们欣慰地说:"我感到付出的一切都很值得。"——如果我们错过了这个时刻,我们可能就再也没有机会了!

【选自2004年7月7日中华网】

尤努斯博士的伟大证明

郭松民

今年的诺贝尔和平奖得主，孟加拉国的尤努斯博士完成了一个伟大经济学证明：穷人比富人更值得信任！从这个意义上说，我甚至认为他更应该获得诺贝尔经济学奖。

尤努斯博士的证明也可以被看做是一种颠覆，因为在他之前，主流经济学界的主流观点是：富人比穷人更讲信用。这个观点在中国尤其甚嚣尘上。国内有一位著名经济学家，就曾经煞有介事地自问自答道：为什么这个世界总是资本在支配劳动而不是劳动在支配资本？这是因为富人总比穷人讲信用。他解释说：因为富人有财产，要承担风险，所以他只能更讲信用；而穷人没有财产，不必承担风险，所以没有信用。

这种观点被不假思索地普遍接受，其所带来的一个最严重的后果，就是银行完全成了一个嫌贫爱富的机构，它热衷于向富人提供贷款，还美其名曰"锦上添花"，而没有兴趣向穷人贷款，因为"雪中送炭"不符合经济规律。总之，在现实世界，你越有钱，越能贷到更多的款；反之，如果你没有钱，你就贷不到款。

但尤努斯博士却坚持认为"信用"是最基本的人权之一，一个人无论再穷，他都有权利被人信任。正是在这样的信念的支配下，自1976年开始，尤努斯博士从借贷二十七美元给四十二个赤贫农妇起步，其推动创建的孟加拉乡村银行，发展成为拥有近四百万借款者（96%为妇女）、一千二百七十七个分行、一万两千五百四十六个员工、贷款总额达四十多亿美元的庞大的银行网络，帮助了数百万人口成功脱贫。

这其中最值得称道的是尤努斯博士规定的贷款原则：不用任何抵押，穷人也能贷款；乞丐也能借钱，还不用支付利息。而在这样宽松的借贷条件下，贷款的偿还率却高达99.02%。博士曾深有感触地说：与那些贪污巨额银行贷款的上流社会腐败分子不同的是，穷人诚实地还贷。可见，穷人是讲信用的！

这里的奥秘可能在于：一个人如果很穷，又不被别人信任，那他就真的无法生存下去了；反过来，对一个富人来说，则无论他怎样声名狼藉，毫无信用，只要他仍然"富有"，他就仍然可以要风得风，要雨得雨。我们经常可以在报纸的社会新闻栏里看到这样的报道：一个毫无信用的富人，完全靠混迹于各家银行之间，通过拆东墙补西墙的借贷方式，毫无廉耻地过着豪华奢侈的生活，却被各银行奉为座上宾。

如此说来，所谓"穷人不讲信用"，不过是不讲信用的富人在以小人之心度人罢了。真实的情况恰恰和那位国内著名经济学家的推论相反：穷人由于毫无退路，所以他只能更讲信用，而富人由于有没有信用都无所谓，他反而不太在意信用，而只相信那些"沉甸甸、金灿灿的金子"。尤努斯博士长时间、大规模的实践雄辩而有力地证明了这一点。至于为什么总是资本支配劳动的问题，则马克思早就证明过了：那是因为穷人不出卖劳动力就无法生存。

"穷人是讲信用的"！这是尤努斯博士的伟大证明。在今日中国，在共同富裕实现之前，如何看待穷人？是我们制定各项社会和经济政策时所必须面对的问题。

【原载 2006 年 10 月 18 日《中国经济时报》】

谁在热爱真理

葛红兵

我想问的是：谁能和真理同行，而不感到畏缩？

真理，对真理的信念和勇气，这是我们缺乏的。我们其实什么都不缺，只是缺乏对真理的敬畏而已。那个高高在上的真理，它在我们心中所享有的地位实在是太低太低了，除了在那些伪君子的口头上，它常常被抬得很高以外，它几乎没有真正获得过我们的崇敬。

【选自葛红兵著《赤裸的心脏》中国文联出版社2003年版】

有一种老虎没牙齿

葛红兵

妻带儿子星期天到野生动物园去了一趟。回来以后,儿子跟我说,有一种老虎是没有牙齿的,以前他以为老虎非常可怕,现在他认为老虎非常可怜,没有牙齿能吃什么呢?别说吃人了,就是吃根玉米棒子也不行啊。我只好说,那也不一定可怜,它可以吃冰激凌,假如它不说谎的话。

儿子知道我是在怪他说谎,便拿来他们在动物园拍的照片说,你看,这就是老虎,它的嘴里的确没有牙齿。我说,我知道了,这是一只老虎标本,专门弄来让你们拍照用的,你看它眼神都不对,老虎哪有这样的眼神啊。儿子说,不,这是一只真正的老虎。我不信,拿着照片找老婆问,老婆给了我肯定的回答,她还解释说,这只老虎的虎牙被拔掉了,拍照的时候,她看到老虎的牙床上还在流血。

怪不得,照片上那只老虎看起来蔫巴巴的,不像是威猛的食肉动物,倒像是烂布条、破棉絮缝起来的布玩偶。

但是，我也明白了，这是老虎的命运，人类要拿它来做玩偶，它抗拒不了。

顺手翻开《现代汉语辞典》，"虎"条是这样写的："哺乳动物，毛黄色，有黑色的斑纹。听觉和嗅觉都很敏锐，性凶猛，力气大，夜里出来捕食鸟兽，有时伤害人。毛皮可以做毯子和椅垫，骨、血、内脏都可以制药。通称老虎。"

如果我的儿子看到这条，他会怎么想呢？他会想，一、老虎会伤害人，很坏（我想这个辞典这样写主要是想把对老虎的仇恨播撒在我儿子的心里），二、老虎的皮毛是给人类做毯子、椅垫的，老虎的内脏、骨头是给人类做药的（我想这个辞典的意思是，如果我儿子碰到一只老虎，千万不要放过，不仅要吃它的肉，还要剥皮抽筋）。

这是辞典对我儿子的教育。现在，野生动物园在这方面又对我儿子进行了更深入的教育，它告诉我儿子，老虎不仅有上述用处，还有玩偶的用处，可以骑在它身上拍照。而且动物园还在我儿子的脑子里灌输了这样的理念：老虎是不值得信任的，它很坏，所以，要把它的牙齿拔掉，即使照片上的老虎看起来非常温柔，看上去它很爱人类，愿意做人类的玩偶也不行。

人类这样对待老虎，我想我儿子一定是会触类旁通的，从人类对待动物的方法上，他一定可以知道世界上最残忍的不是老虎,而是人类本身。

我现在很害怕儿子去动物园,他在动物园学会了怎么给老虎拔牙,怎么给狮子上镣铐,怎么把猴子关进笼子,保不准哪天会用这一套来对付我。

【选自鼓波主编《你是你自己的魔镜》百花文艺出版社2003年版】

秦桧、汪精卫在中国

葛红兵

最近,我又去了一趟南京,但是,我没有去中山陵,为什么呢?多年前我在南京居住的时候就非常害怕陪外地朋友游中山陵,我不是不喜欢中山陵的风景,相反那里山清水秀,登高远望,你会有心旷神怡的感觉。中山陵是这样一个地方,冬夏春秋都适宜去,冬天可以去看雪,秋天可以去看红叶,春天可以去踏青,夏天可以到紫霞湖游泳,这非常难得,大多数风景区,只有一两个季节好,其他尔尔。但是,也就是这样一个好地方,我却不愿意去。为什么呢?

在某个小径边上你会不经意看到一尊跪着的人像,他叫汪精卫,曾经刺杀过满清官员,也曾经记录过孙中山遗嘱,当然也和日本人媾和出任伪政府首脑。如今,他就天天跪在这里,向着孙中山先生的陵墓磕头谢罪,他屁股撅着,头脑冲地,脸面看不清楚,看得清楚的是他脖子里的痰渍,背上的尿迹。

面对罪人的时候,似乎每个游客都成了道德

法官，他们不仅用无情的语言表达他们的道德义愤，还用他们道德的口痰，道德的唾沫、道德的尿液来惩治罪人。

在中国，经受着类似命运的还有秦桧，这个宋代宰相（也有可能是金国卧底）因为枉杀岳飞，至今还跪在杭州的岳庙里，接受着游客唾沫加耳光的洗礼。

由此，我想到贝当在法国的命运，这位法国元帅真诚地相信希特勒会胜利，并且接受了希特勒占领法国的现实，但是，法国人怎么评价这位元帅呢？1953年一位接着贝当担任法兰西院士的政治家，发表演讲说："贝当元帅在法国历史上，所经历的某些部分仍然是光荣的，尽管另有若干部分是会引起冲突的解释，并曾引起活跃的怒火。"

在这里，我想说的不是如何给历史人物公正的评价的问题。前些年有人为秦桧翻案，说"主战派自然不错，但是主和派也有道理，秦桧作为主和派未必就一定是历史罪人"——这是历史学家的事情。我想说的是什么呢？

我想说的是：姑且不问历史，我们就认定汪精卫、秦桧的确是十恶不赦的罪人，那么，我们是否有权力把一个人塑成雕像，又是否每个路过的人都有权力对着雕像撒尿、吐痰、扇耳光？

我想说的是人格，一个罪犯他是否因为犯了罪就失去了人格尊严？又，一个人对社会犯了罪是否意味着所有人都有权力用侮辱人格的方法对他进行惩罚？蝼蚁的生命尚且有尊严，罪人的生命难道就没有尊严了吗？人类可以判处罪人死刑，夺去他的生命，但是，不能取消他作为生命的尊严，不能采取侮辱生命的做法来寻求正义。对着秦桧和汪精卫的雕像吐痰并不是在惩罚罪人，而是在侮辱生命，践踏生命的尊严。

　　一个小孩，如果他学会了对着一尊雕像吐痰，学会用这种方法表明自己的道德高尚，他长大了会是一个什么样的人呢？他会非常残暴，一个会对着别人吐痰而不感到羞耻的人，什么事儿做不出来呢？

　　"文革"中，我们有多少人就是在这种幌子下成为暴徒的？他们认为对敌人就不用讲人道，对罪人就不用讲人格，在他们的意识里，敌人和罪人根本就不是人，压根儿就不必用人的态度来对待他，这是绝大多数"文革"悲剧的根源。

　　我们这个民族拥有的恨是非常多的，善恶分明，这没有什么不好，惩罚罪人也没有什么不对，但是，我们这个民族拥有的爱又有多少呢？如果恨不是以爱为基础的，如果对卖国贼的恨不是以对民族、国家以及更为根本的对生命的爱做根基的，这种恨会把我们这个民族带向哪里呢？

　　它只能把我们带向野蛮和残忍，把我们每个人都变成比罪人还要可耻的暴徒，因为我们还没有学会敬畏生命、尊重生命。没有学会把有罪的生命也当成生命，我们就还没有真正成为一个人——因为我们为了惩罚罪人却让自己犯了凌辱和蔑视生命的更大的罪。

　　尊重人，是文明社会最基本的标志。一个社会什么时候不再用剥夺人的尊严的方法惩罚人，不再用对着罪人的雕像吐痰的方法进行爱国主义教育，个人也不再需要用对着罪人吐痰的方法证明自己的高尚的时候，也许我们这个社会才算真正进步了。基督曾经保护妓女，曾经给自己的门徒洗脚，他把光给义人，也给不义的人，古代拿撒勒的基督在这方面真可以做我们的榜样。

　　我希望有一天，我们能考虑把汪精卫和秦桧的雕像撤走。这些跪像并不能教育我们人民以爱国主义精神，相反它会激发我们内心的野蛮和残忍。

【选自2005年1月12日博客中国】

我们该相信什么

葛红兵

我已经到了这样一个年龄：我开始看着我的长辈们离我而去，他们得癌症，或者……他们需要独自承担他们的命运，我爱他们，但是，除了祷告，无能为力。我的导师许志英先生过世，我也看得见，看见他做这样的选择，但是，无能为力。

我还看见我的晚辈，他们青春勃发，但是，他们找了另一半，开始放弃，文章不写了，博士不考了，他们被他们的生活压垮，早早地颓唐了。但是，我不能提醒他们，我只能在路边看着他们，看他们往那个深渊滑动，我甚至不能伸手阻挡。

是啊。无能为力。

我还看见我自己。他说："你应该做点儿什么，也许可以改变。"我说："不可能，什么都不可能，我们不可能改变什么，如果可以改变，早就改变了——人间就不是这样的人间。"

我曾经像孩子一样生活，总是觉得我面对的世界太高大，太权威，我需要寻找给我糖吃的人，寻找牵着我的手走路的人，需要可以让我倒下休憩一下的肩膀和胸怀，但是，我像孩子一样在人间寻找，找来找去我原先以为是爱的那个东西，后来发现原来是让世界更为狰狞的恨。

其实，人有什么能力爱人呢？他的爱，如果不融入更高的爱，只不过是恨的另一面而已。

从这个意义上说，爱和恨，在人间是一样的。一模一样，没有任何区别。

我想那更高者已经完全为我们安排好了，我们相互间的，什么，都应该承受——注定不能改变，又何必去改变呢？

看了李杨的《盲山》，被人贩子卖到山里的女大学生在山里的遭遇，她爬到了公交车上，向众人呼救，但是，大家袖手旁观，看着她被抓走，她被贩卖，被强奸，都是在光天化日之下进行的啊。白雪梅能相信什么呢？她谁也不能相信，那两个人贩子自然不能相信，但是，那些"淳朴"的村民呢？那些淳朴的村民不能相信，因为他们没有上过学，没有法制意识。那个中学毕业有理想有抱负的教师黄德诚呢？他只是觊觎她的肉体，根本没有精神力量去履行他的诺言。那个邮递员呢？他把白雪梅的求救信还给了她的"丈夫"黄德友，仅仅为了几只鸡。

她真的是没有什么可以相信的了。四周都是

冷漠。

　　当然，电影还是有亮色的，那个小孩，那个稚气未脱的小孩，他还没有受熏染，他还有本能的同情和怜悯。也许他在那些村民的眼睛里应该是这样的：他年幼无知，被白雪梅的鸡蛋给骗了，做了蠢事。

　　由此，想到一部美国电影，电影中主人公被总统召见，总统试图通过威逼利诱来压迫他屈服，试图让他放弃向议会检举揭发总统的意愿。但是，这位被召见的、地位卑微的军官，他拒绝了总统。

　　总统说："你怎么能拒绝我？我是总统！"

　　这位军官说："对不起，总统，我的确必须拒绝你，因为我不能拒绝上帝。"

【原载 2008 年 7 月 22 日《今晚报·副刊》】

立一块二战纪念碑吧

葛红兵

立一块二战纪念碑吧。在法国和英国,看到很多一战、二战纪念碑,有许多,许许多多,有的时候,甚至是在一个小镇的街拐角,在一条小路的尽头,你在不经意之间,就会看到一座、两座。欧洲,这片在一战、二战中严重受伤的土地,它不仅把战争记在了脑海里,也把战争塑在了大地上。

欧洲的战争纪念碑,给我感触最深的是:它们的目的多不在于歌颂这些英雄的丰功伟绩,而是在感叹那些年轻生命的消逝,为那些鲜活的生命被战争摧毁而悲痛。这些纪念碑,是矗立在大地上的一个个母亲为死去的儿女的叹息,而大多不是对那些牺牲者的颂歌——它们一点都没有鼓励人去做战争牺牲者或者战争英雄的意思,相反它们是在为死者哀恸和惋惜,它们告诉人们战争的残酷,告诫我们再也不要战争,战争中没有胜利者,只有永恒的生命损伤,通过战争来解决纷争,无论是胜利还是失败对于人类来说,都是悲剧。看看那些碑文，你就会深深地感悟到，为牺牲者所唱的赞歌并不能告慰亡灵，也不能抚平失去儿子的母亲、失去丈夫的妻子、失去父亲的孩子们那伤悲的心！逝去的人最想要的是回家！母亲、妻子、孩子最想看到的是远行的亲人的归来，而不是对死亡者的赞美。

其实，无论怎样的战争英雄，如果用更高的生命准则来衡量，他都只不过是杀人多一点的优秀绞杀机而已，和绝对的生命价值相比，杀人的英雄，无论是为了"正义"，还是出于"邪恶"，都没有什么值得特别歌颂的。我们不能借我们对正义者的歌颂，对邪恶者的唾弃去宣扬暴力。况且，在人间，绝大多数"正义"和"邪恶"都是相对的，那些穿上军装走上前线的纳粹士兵又何尝不是为了他们心目中的"正义"呢？在人间，多数情况下，"正义"和"邪恶"的分歧都不过是号召年轻人去送命的幌子而已——如果可能，我宁可相信生命的绝对价值，而对人间的正义和邪恶不管不问，我宁可相信这样一副图景：那些来到战场上的战士，他们放下屠刀，在生命高于一切的原则之下，通过理性对话解决分歧，而不是通过身体上消灭对方，拿枪对着彼此的心脏射击来解决分歧。

当然，我们将永远地记住那些为正义而献身

的人，也将永远地憎恶那些因邪恶目的发动战争的人，虽然现阶段的人类有时还不得不被迫遵循战争的法则，但是这并不构成以暴力对待暴力，以绞杀对待绞杀的战争逻辑的歌颂。在东方，日本政府官员每年还在敬拜他们的战争英雄（他们每年参拜靖国神社，神社里供奉包括二次世界大战战犯在内的他们的战争英雄），在东方，我们每年在歌颂和纪念"抗战"的"胜利"，把通过死难得到的"胜利"当作"光荣"来祭奠和歌咏，我们把死者换来的"胜利"当作我们的光荣戴在自己的头上。通过这种方式，我们"激发"着我们的年轻人，我们要他们时刻准备着为获得下一次战争的"胜利"而献身，而成为伟大的牺牲者；通过这种方式，每年我们的祭奠和歌咏就会转化成对当初那个敌人的永恒的"仇恨"和"诅咒"。在东方的大地上，每一座这样的纪念碑都是如此：他们是激发牺牲热情、战争渴望的发动机，他们是激发仇恨和诅咒的发动机——我们没有把它当作人类悲剧来哀叹、来惋惜的意思，相反我们认为他们死得"重如泰山"。这就是我们的纪念碑逻辑。

在伦敦一座普通的街心花园，我看到一颗广岛死难者纪念树——心里不禁感动。战争的胜利者，为失败者的死难感到哀恸，他们纪念那些在战争中死难的"敌人",这是他们的大道德了。这样的人民有福了,上帝将保佑他们,赐给他们永恒的和平。因为他们的悲悯已经越过了战争"胜负二分"的逻辑,"正义和邪恶二分"的逻辑,他们知道,战争中没有胜利者,所有的"人"都是战争中的失败者,所有的死难都是值得同情的宝贵生命价值的消失。在普利茅斯海军纪念馆参观的时候,馆里展示了一位英国将军说的话:在战争中谁也不能成为胜利者。不记得那位将军的名字了,但是,他的话的确是深刻的,一位军人,能这样看问题,实在是难得。

在剑桥,我看到一个年轻人穿着军装,整装出发的雕像。那是一个早晨,被咕咕的鸽音唤醒了——有时候非常羡慕剑桥的鸽子,无论在什么地方,甚至在摩肩接踵的人流中,它们都是闲庭信步的样子。看着它们自由自在的身影:也许它们才是剑桥真正的主人吧。信步走上剑桥的街道,街上还没有人,晨曦的光已经照在远近的屋顶上了,但是,那光还是冷着的。昨晚放了半个小时的焰火,地上竟然一点没有焰火的纸屑,惊叹英国人的效率。Hill 路。蓦然间,便看到了他,他在晨曦里,正大步向着镇外走去,但是,很显然地,他在回首望着什么,他是一个剑桥大学的学子,也是一个即将出征的士兵,他要代表剑桥人走上战场，从此他就要和这里的书斋生活告别，从此他就要和这里的和煦的晨曦告别，晨曦中他在频频地回首，他对剑桥的留恋是那么深切啊，和他大踏步走向战场的绝决是一样的，他对和平生活、书斋生活的眷恋啊，和他远离家乡去异国参战的决心是一样的。

我在想象，如果是在东方，我们会有一座这样的雕塑吗？会有一座着力展示出征学子对和平生活的留恋的战争纪念碑吗？我们的大地上矗立着无数的丰碑，但是，这些丰碑展示的只是渴望战斗、渴望杀敌的铁血战士，是一去不回头的勇气。对和平的向往和留恋，并不是怯懦，剑桥人并不怯懦，按照JONATHANHOLMES的统计，单是剑桥大学女王学院在二战中就失去了一百一十六名青年学子，在JONATHANHOLMES收集的名单中还包括一名叫PeTsunYen（1934）的中国青年。但是，剑桥人带着和平的渴望去战斗，剑桥人也认同这种价值观——他们让他们的战士在出征的征途上频频回首，回望剑桥。

在怀特岛（英国南部、毗邻普次茅斯）的沙滩边，有一座二战纪念碑，这座纪念碑的碑文没有说谁是永垂不朽的，谁是永远伟大的，它单单只是刻着"为那些在战争中没有归来的"。多好的话啊，那座纪念碑，刻着那样的字，它耸立在海边,就像一位母亲,在等待着出征的儿女从战场上归来,她在海边久久伫立,不愿意相信她的子女再也不能回来了,那"为那些在战争中没有归来的"字迹就像它的心脏,一直跳动在大海边。每一个路过的人,都会为这样的母亲而落下同情的泪水,每一个有血肉的人都会为这样的"等待"而永远地憎恶战争,永远地祝祷世界和平。

  在欧洲,看多了战争纪念碑,觉得它们有个共同特点:它们多在悲悼那些无名的生命而不是在赞美那些战争中的英雄——它们是反战的战争纪念碑。巴黎的凯旋门上自然镌刻着将军们的名字,但是,地上卧躺着的,那个永远有灯火在祭奠,永远有鲜花在痛悼的却是一位无名战士;伦敦格林公园里的加拿大战争纪念碑,它雕刻的是一些飘零的枫叶,那些被水流冲走的枫叶象征了在战争中死去的无名生命;海德公园附近一座战争纪念碑,雕刻了一座躺在地上的无名尸体,让人看到的是战争的残酷,它告诉我们战争不是建功立业的地方,而是血腥的死亡之地。这里没有真正的英雄,那些把死亡加诸于敌人而保全了自己的人,是胜利者吗?是英雄吗?在生命的哭泣之中,谁能高昂着头颅,说自己是英雄呢?为了正义而举起的刀剑就不是屠刀了吗?为了正义而杀人就不是杀人了吗?上帝爱义人也爱不义的人,他让阳光照在义人的身上,也让阳光照在不义的人身上。让我们学会宽容吧,只有宽容,宽容到"爱你们的仇敌"的宽容,才能化解仇恨的坚冰,让仇人握手,让憎恨无处藏身。

【选自 2011 年 1 月 14 日新浪博客】

哲思断想(摘录)

吕钦文

倘若把向人诉说,看成是对朋友时间的勒索,那么,每一分钟都可能走向深刻;

倘若把听人诉说,当作是对朋友精神的施舍,那么,每一句话都可能产生隔膜。

想对你诉说的人越多,越是证明你有高尚的人格;

想听你诉说的人越多,越要明白你是平凡的唇舌……

省略名缰利索的无端撕扯,淡泊,拉直了信念的歪斜曲折;

丢弃荣华富贵的虚幻泡沫,淡泊,昭示出追求的简明挺括。

淡泊,常被雕琢成精致而体面的摆设——那是志得意满者清高的吆喝;

淡泊,常被装饰成空洞而好看的礼盒——那

是勇敢攀登者意外的鞭策。

　　坦然者，对别人无遮无掩，世界对他便宽大无边；
　　坦然者，对名利无贪无涎，生活对他便慷慨友善。

　　人，也许因坦然而贫寒，但却不必承受良心的熬煎；
　　人，也许因坦然而孤单，但却不会引起灵魂的抖颤。

　　对怯懦者的信任，是心理扶贫，也许奇迹就出现在明天早晨；
　　对阴谋者的信任，是心血自焚，也许悲剧就发生在今日黄昏。

　　对谁都不信任，是自己对自己的围困；
　　对谁都能信任，是自己对自己的解聘。

　　嫉妒是罪恶之母，它常常拾起嫁祸于人的赌注；
　　嫉妒是命运之奴，它往往滑入作茧自缚的歧路。

只要你出人头地，必然会招引嫉妒
——因为嫉妒总要瞄向高处；
只要你低首垂目，必然会助长嫉妒
——因为嫉妒就想让人倒伏。

忏悔，是昨天的卑微向今天的高尚落泪；
忏悔，是今天的理性为昨天的莽撞纳税。

不敢回首张望的，常常是窃贼；
不肯真心忏悔的，往往是败类。

谁了无牵挂，算不上真正的潇洒——要爱，就必然会付出代价；
谁不被牵挂，可说是真正的可怕——人们心中还没有把他接纳。

真的牵挂，是横亘心头沉甸甸的思念，给予了，就从不指望报答；
假的牵挂，是悬在嘴边轻飘飘的套话，未开口，早已露出了尴尬。

热情，不要因挫折而冷冻结冰，成为令人惋惜的过时风景；

热情,不要因顺利而发酵蒸腾,成为使人颠狂的过量酒精。

钱袋与权柄牵来的热情,会顷刻了无踪影;
友谊与挚爱培育的热情,能长久深埋心中。

宽大则得众——高朋座中论高明;
无容乃势穷——零丁洋里叹零丁。

如果把宽容当作人性泯灭的通行证,会走进阳光下的阴影;
如果把宽容看成良心发现的透视镜,能得到黑暗里的光明。

缺少爱心的人,不会孤独——见冷遇热感觉都是麻木;
没有思想的人,不会孤独——横摆竖搁心里都会餍足。

陷入孤独,不要抱怨环境的冷酷,请审视自己是否与时代同步;
摆脱孤独,不要依赖别人的救助,要紧的是自己给自己做主。

烦恼，不因生性笨拙，而是聪明太过；
解脱，无须八方求索，只要反躬自我。

生活，有一个又一个"假设"，解脱是让过量的欲望收缩；
岁月，有一道又一道"透惑"，解脱是把流失的良知堵塞。

谄媚者，在所有权贵面前都当晚辈；
谄媚者，在所有百姓面前都装"太岁"。

谄媚者，常忘掉父母子女是谁，因为他只关注事主的喜悲；
谄媚者，常不知身居东西南北，因为他只追随功利定进退。

逢场作戏的功夫，前倨后恭的招术，不能算做成熟，唯有真诚与坚定才是它的记录；
爬上额头的纹路，走出校门的证书，不标志着成熟，惟有智慧与实力才是它的尺度。

盼早日成熟——这时节，真正知晓岁月的寒暑；
请珍重成熟——这一步，深刻品味人生的荣

枯……

　　坚定的目标，是校正徘徊的塔台；
　　浮躁的心怀，是点燃徘徊的干柴。

　　生活的路无论宽窄，最要紧的是走出徘徊；
　　奋斗的力无论强衰，最可怕的是流向徘徊。

　　放弃了一次必须的拒绝，也许，灵魂终生被人拿捏；
　　坚持了一次正确的拒绝，也许，品德时常受人奖掖。

　　别以为拒绝都是态度轻蔑，有时是因为无力攀登高耸的台阶；
　　别以为拒绝都是个性冷冽，有时是因为无心享受异样的愉悦。

【选自吕钦文著《哲理与情思》吉林人民出版社2004年版】

·当代合集之八·

"社会像一个股份公司"，
还是像牢笼

周殿富

　　社会如果真像一个股份公司倒好了，因为那里奉行的是权利与义务对等的大股东原则。可悲的是，社会倒像一个牢笼，囚徒多是精英人物，而牢头却是一些急功近利而又实在无能的一群。他没什么能耐，也见不得你的能耐。"放松你自己，你将会得到来自世界的支持。"这话多好啊！可是你一旦放松自己，招致的一定是全人类的反对。还是鲁迅讲得深刻：猴子堆里，站起一个人来，这个人一定被掐死，因为他是"怪物"。不过，人还是要活得自由、活得真实、活得充实点好。走自己的路，让别人说去吧！把那些臭嘴巴甩得远远的，你就什么也听不见。小孩子吵架不都会使把耳朵捂起来"听不见，骂你自己"的招吗？

　　每一个人回首人生的时候，都会发觉自己在变，变得面目全非，变得让人有些悲哀。尽管人们常说"三岁带个痴老相",不过这悲哀多不是为了青丝红颜怎样变成了鸡皮鹤发,却是为了心理走向成熟中的不断嬗变蜕化。

尽管人的一生总会童心不泯,八十岁的老人,也会有孩子般的天真,但,那是因为他已退出了社会,所以,人们又有"小小孩,老小孩"之说。

人为什么小也天真老也天真,而中间这一段却找不到天真呢?因为这一段人承担了太多的责任,且生活于复杂多绪的社会之中。小的时候,骂人、撅屁股都不怕在父母面前出乖露丑;老的时候,面对的多是儿女子孙,倚老卖老和"返老还童"也都不怕笑话。人的老与小都是生活于社会之外、家人之中,且不愁衣食,更没有竞进博取之心,所以不惧得失,亦无讽刺之忧,所以便一切返璞归真。在社会上、在人群中,你就天真不起来。所以,中国人说社会是一把雕刀,西方人则说"社会像一个股份公司"。在这个"公司"里,"股东们"达成了一个协议:为了确保他们基本的生活权利,每一个享有这一权利的人都必须以放弃他们的自由和文化为条件。在这个"公司"里,最受提倡的美德是顺从,而自我依靠是遭到"嫌恶"。所以,在这个"公司"化了的社会中,成年人就无法享有儿童的率直天真本性的自由,无法像儿童一样对一切都全然不计后果,

"独立而公正地"去"判决",而是被自己的"意识断然地囚禁了。他在行动和语言上一旦有出色的表现,他就成为了一个囚徒,囚禁他的正是众人的好感或恶感,他们的反应在他心中牢牢地占据了地盘"(爱默生语)。这就是成年人的无奈,也是成年人的一种悲哀。

越是有所成就有所名位的成年人,便越是深陷于这牢笼之中,而看守这牢笼的牢头恰恰都是那些急功近利而无能者。所以,一旦你取得了什么成就业绩、鹤立鸡群、略胜一筹时,你也就如同那囚禁在木笼中被拉上街示众的囚徒一样,手脚头颅都动弹不得地忍受着路两旁那些无知的百姓向你掷来的烂菜、臭鸡蛋、垃圾、土块,令你浑身伤痕累累、血迹班斑。所以,成年人有几个敢在社会中像老人、孩子在家里一样那般自由天真?所以爱默生又说:"如果一个人能避开所有要深孚众望的想法",处于一种"纯真无邪的状态","那么,这个人一定是一个不可战胜的人""一个人要想成为一条真正的汉子,他就得做一个叛逆者。一个人要想赢得不朽的荣誉,他就必须不为善之名所蔽,而应该探究这冠之以善之名的东西是不是真正的善。归根到底,除了你内心的完整统一外,没有什么东西是神圣的。""放松自己,你将会得到来自世界的支持。"就凭这段话,我们足可以称之为文人英雄。可是如果我真的"放松自己",得到的绝不是世界的支持,定会是全人类的反对。爱默生的话多是真理,但有的则是误人的真理。好在这世上想"不朽荣誉"的人不多,所以,误人也误不了多少。

不过,我也向来赞成不能为了别人的眼睛与嘴巴活着,但得有个量的限度,如果这个"股份公司"的人都反对你,至少你是当不成董事长和首席执行官了。这也正是成年人、社会人的悲哀、无奈之所在。但是,再无奈,也得像个人、像自己,只要活得真实、充实,就让那些无知无能的"牢头"们、路人们去喋喋不休、抛垃圾烂菜去吧,如果连他们自己都不嫌脏又不嫌累的话。人总要有事做,他没有成事、做好事的能耐,你想让他不做坏事也办不到,他会看别人眼红、自己又闲得难受,真是可鄙、可悲、可怜。

【选自周殿富著《生命美学的诉说》人民文学出版社2004年版】

钞票的价值在"含金"而不在"纸"

周殿富

　　白血红花欲济世，反被人间误铲除。人类吸毒本与这花儿无关，为了这人类的劣行，竟要把这美丽的花儿斩尽杀绝，也许为了人道，但这似乎有违天道。不过这花儿是不会绝种的，因为它自有价值的，不管你是怎样地摧残蹂躏，正如一张钞票，无论是新的、旧的、脏的、破的，人们都不会丢掉，因为人们要的是它的价值，而不在于那纸新旧脏破。人们不应忘记：应该消灭的是毒枭、吸毒与制毒者，而不是这花儿。

　　从小读过《罂粟为什么开红花》，便始终把这花儿当成英雄花。

　　也许有人会问：罂粟花也能称为英雄花吗？是的，它是掏出自己的心来照亮道路，带领人们走出迷途的英雄丹柯的血所化生，这难道还不能称之为英雄花吗？

　　然而，世间的事就是这个样子，英雄也有气

短、壮士也有扼腕的时候。丹柯不就差一点被那些众生杀死，又终于为了这芸芸众生而献出了自己的生命吗？大众并不总是拥有真理，更多的是关注眼前的境地。他们常常奈何不了暴君，却能把自己的英雄吃掉。一身而系天下安危的袁崇焕不就是被北京城中天子脚下那些永远自诩为不凡而又狗屁不是的小市民们一口一口地吃掉而死无全尸吗？可是，他们哪个有守住北京城的本事呢？清兵一来，不也都乖乖地留起了长辫子吗？人啊，走自己的路得了，充什么英雄呢？大众吃自己的饭，这是无可厚非的；英雄走自己的路，还要甘心地领大家走，这也许正是人类的希望所在吧！尽管这类英雄大多没什么好下场。不过英雄的汗毛，也比那些小人的头颅值钱。人中的劣杂对同类如此，对动物也同样。大象、犀牛、虎、熊之类不也因为它们的骨、角、牙、掌、皮的稀少珍贵而经常无辜见杀于人类吗？对植物就罂粟花了。

　　罂粟花虽足称英雄花，可谁见过那硕大血红、色彩绚丽动人的花开花落呢？都怪这花儿和鸦片连在了一起。为了玫瑰花人类可以中断一次战斗，可是为了罂粟花，在这个世界上就打了两次鸦片战争，这还了得？莫说是英雄花，就是神仙花，你来祸国殃民，那也得把你"彻底消灭"。

　　但反思过来，制鸦片、吸鸦片、鸦片战争与

罂粟花又有什么关系呢？它要开花，它要结果，这是自然的事。它的果汁本来是洁白的，而人非要把它弄稠弄黑，非要用它来赚钱，人要吸食它麻醉自己，享用那瞬间的欢乐，这与罂粟花又有什么关系呢？

花草本不是金矿，烟膏原非为了吸食。如果人类还正常的话，用它的花儿来装点世界，用它的果实来与人治病，益莫大焉，而今反为祸种，成为绿色世界中屡遭人类全球通牒追杀的罪犯了。抓不绝毒枭烟贩，禁不住吸毒烟民，便来斩花除根，人类聪明得很，不是自古就有"扬汤止沸，莫如釜底抽薪"的格言吗？

其实，也怨罂粟花自己。你原不过一棵花草而已，长几片叶，开几瓣花，结个正常的果，便也算完成了一生的使命，偏偏要在那果中绞尽心血弄出点医民济世的药方来。结果是非但不能济世，连自己面世的生存权利都被彻底地剥夺了。

你能怪人类中那些能变白为黑、炼药为毒、化福为祸的败类们吗？

事情坏就坏在了你的那个"果"上，一辈子不结果的断无此等厄运，正是白血红花欲济世，反被人间误铲除。

不过，我相信罂粟花断不会绝种的。不是有人做过试验：把一张新钞票举起来，问大家要不要,回答是"要";把它揉搓旧了,举起来再问大家,回答仍旧是"要";再把它用脚踩脏后,人们的回答也仍旧是"要"。那么把它撕成两半呢?人们的回答还会是一样的,因为人们要的是它的价值,而不是那张纸。罂粟花也同样,只要有价值的就不会被灭绝。固然,这需要人类的劣根性与丑陋的消灭。尽管美的价值常常敌不过钞票,尽管钞票也打造过许多美丽,但那只是物,而不是人性的美。

【选自周殿富著《生命美学的诉说》人民文学出版社 2004 年版】

·当代合集之八·

权力的天空

时寒冰

一、村长名言录

1.世界属于村长

村长说:"我是村长,我管辖着小村;我的头上有一片天,天盖着小村。全世界有好多好多村长,他们头上也都有一片天,要是把这些天缝起来,天就盖住了全世界。"这世界原来是属于村长的哩。

2.权力源于村长

村长说:"权力好比传销,上面的大官提拔一个小官就等于发展了一个下线,上线靠下线供养,村长在下线的最末尾。不是村长供养乡长,乡长拿狗屁去供养县长?不是乡长供养县长,县长拿狗屁……"原来权力源于村长哩。

3.村长最清廉

上线、下线都需要吃都需要喝,村长把老百姓的钱挤出来供养上面,上面拿了村长的钱再传到上面,都是吃现成的,哪个主动给过村长钱?原来只有村长光行贿不受贿,这个世界,村长最清廉哩!

二、权力的衍生

村长的权力源于他的父亲——老村长。

村里年纪大的人说,村长从小就是个人物哩。

村长很小的时候,老村长问他:"你长大了干啥?"

村长说:"当村长!"

会计连忙说:"这孩子很不简单哩!"

龙生龙、凤生凤、老鼠的儿子会打洞。老村长的儿子果然就当了村长——这是后话。

三、权力的竞争

当人们意识到权力带来的好处时,权力就面临着竞争。

已进入暮年的老村长,对老会计的提防之心越来越强烈。会计也有个儿子,问题是这个儿子不打算继承他爹的衣钵当会计,而是想当村长。

"这小子野心不小哩!"老村长就愤愤地骂,"身上扎个刺,就以为自己是仙人掌了,也不看看自家坟地里有没有那根草?"

但是,老村长却不敢得罪会计。会计是惟一可以送他进班房的人,这点他很清楚。

四、权力的代沟

当上级调来一个年轻乡长的时候,老村长的紧迫感越来越强,他必须把儿子推到村长位置上,不然自己的问题早晚会露出来。

一天中午,老村长怀里揣着一沓钱去了乡长办公室,年轻乡长很热情,一讲话就是这原则那代表,老村长根本插不上话。

老村长深感自己与年轻乡长之间的代沟太深,他不敢轻易出手,怕没有退路。

老村长揣着钱又回去了。

五、权力的勾结

老村长没有办好的事,他的儿子村长轻易就解决了。

年轻乡长和村长是同姓,村长查了一下家谱,根据名字中"字"的排列,年轻乡长应该管村长叫爷。但村长却反其道而行之,他对乡长说:"我查了一下家谱,你是爷字辈的,我应该叫你爷爷哩。我爷爷死得早，你就是我的亲爷爷。"村长说得很真诚，眼泪跟着就下来了。

村长家在小村辈分是最低的，他这一降，把全村的辈分都降下来了。

全村的人暗地里把村长家骂了个底儿朝天。

老村长听说后感慨万千：长江后浪推前浪，我儿子能做到这一步，村长位置不会落入外人手了！

六、权力的内应

去乡长家里，村长对着乡长老婆就叫奶奶，顺手还给这位新奶奶丢下了两万块钱。

村长万万也没有想到，这位奶奶竟是个贪得无厌的主。家里装修房子，进城买衣服首饰，她都让村长跟着，大把大把地花村长的钱，嘴里还一口一个"乖孙子"。惹得卖东西的人忍不住笑。

七、权力的出局

村长在乡长家里碰见过会计的儿子，原来会计的儿子认了乡长老婆当干妈。

会计的儿子回家对他爹老会计说，村长认乡长老婆当奶奶了。

老会计听了，一下子老泪纵横："儿啊，认命吧，还是人家技高一筹啊，你这辈子当不了村长了。"

八、权力的结合

村长对老会计的儿子说："我跟乡长的关系你不是不知道，你支持我，我将来让你当会计，你反对我，今后别想在小村呆。"

会计的儿子说："我跟着你干。"

此后，会计儿子对村长言听计从，两人亲如兄弟。

会计的儿子和他父亲一样，村长吃肉他喝汤，村长喝汤他闻香（味），村长干坏事，他帮助擦屁股（做假帐）。

小村的权力从此牢牢掌控在村长手中。

【原载 2004 年第 1 期《百姓》】

如何读懂中国的统计数字?

时寒冰

统计数字对从事经济研究及其他经济活动的人而言，就如同路标。如果路标本身出现了问题，被其引导的结果可能不堪设想，翻沟里也说不定。

如今我敢说，能够真正读懂中国统计数字的人没有几个。

我非常崇拜搞统计的人。他们神出鬼没、出其不意、辗转腾挪的高超技能，脸不红心不跳地面对质疑时那雷打不动的心理素质，以及在对数据的解释出现漏洞后又及时用新的补丁打上去的坚韧不拔、锲而不舍的顽强精神，都常常令我在目瞪口呆之余，感慨不已：这或许就是中国经济虽历经各种危机而依然繁花似锦的重要原因之一吧。

统计局的同志们辛苦了！

我过去经常把读不懂统计数字的原因，归结到小学数学成绩不好这一历史遗留问题上。于是，我苦学数学，但即便如此我遇到统计数字的时候还是觉得很棘手。问题出在哪里呢？突然有一天，我开悟了：看不懂统计数据并非是数学知识欠缺，而源于不会看，或者说，方法不对。

比如，房价。国家统计局每个月会公布经济运行数据，房价无论是环比还是同比，涨幅都小得可怜，0.1%、0.2%地涨，与民众的感觉相距甚远。有的城市从2009年年初至今，明明上涨已经超过了40%，一些楼盘涨幅甚至超过了50%、60%，但统计数字就是显现不出来，任凭风吹浪打，巍然不动，以至于很多人产生了自我怀疑：难道是我感觉错了？

我相信，有些领导最欣喜的一件事情就是设立了统计部门这个活宝。它常常以精确的数据杀人于无形，一遍遍地击垮人们的神经末梢乃至整个感觉系统，最终抛弃自己的感觉而对那些统计数字顶礼膜拜。这种做法因威力巨大也传到了民间。一些开发商如是效法，自己成立研究机构，专门生产和免费销售各种数据，比如，"北京市每平方米的房价无论如何不会超过六千五百至七千元的价格区间"，问题是，在这个平均价位上你能找到哪怕一个楼盘吗？

于是，我明白了小时候常常听到的那句话："学会数理化，走遍天下都不怕。"其实，学好数学一门就足够了。学好数学，精通数字，不仅可以强身健体、延年益寿，而且能够富民强国。瞅准了，学好数学，一门顶两门，房价不涨了，反补税收，水价天然气连着涨价都不增加负担了，工资年年都暴涨了，生活水平如芝麻节节升高了……学好数学，实惠，就是实惠！

　　国家统计局发布的2008年1月至10月全国商品房销售情况显示，全国商品房销售面积约为四万四千七百二十三万平方米，销售额为一万七千五百九十亿元，两者相除不难知道，每平方米商品房的平均价格约为三千九百三十三元。

　　再看看今年的。国家统计局发布的2009年1月至10月全国商品房销售情况显示，全国商品房销售面积为六万六千三百六十八万平方米，销售额为三万一千五百二十九亿元，两者相除，每平方米商品房的平均价格约为四千七百五十一元。

　　把这两个结果比较一下，2009年1月至10月全国商品房价格比2008年同期，上涨了20.8%，虽然与您的感觉有些距离，但与您平常看到的数据相比，已经比较接近了。

　　当然，还有一种更直观更简单的看统计数据的方法。国家统计局发布的数据显示，2009年1月至10月，全国商品房销售面积增速为48.4%，而商品房销售额的增速为79.2%，也就是说，全国购房者为增加的48.4%面积多付了79.2%的资金，房价只涨百分之零点几对得上号吗？——这种表面数据的比较虽然不够严谨和准确（笔者前面介绍的计算方法是相对准确的），但至少比房价统计数据本身给你带来的信息更真实、准确和简单。

看懂统计数据需要懂得正确的方法，当然，有时候也不一定管用。比如，2007年国家统计局公布的修正之前的全国GDP增速是11.4%，但全国三十一个省区各省GDP增速全部都在11.4%之上，最低的新疆自治区也高达12%，其中，更有二十三个省的GDP增速高于13%，如果要算平均数，再怎么也在13%左右。

乖乖，错这么多？明显对不上了吗？恭喜，说明大家思维都很正常，没有被忽悠到沟里。想想看，这么大的差距，正常人都看出来了，统计部门的人就是吃泥巴长大的也该看出来了。果不其然，因为这些数据实在有点不像话了，统计部门做了修正，但修正后仍对不上，可惜统计部门不是修鞋的，遇到实在修不好的破鞋可以扔掉。于是，他们就很耐心地做了解释，解释得很专业很系统很完善，翻译成白话文的意思就是：这种差错总是难免的。

想想也是。我曾经听说：某地官员开会，领导要求各区报明年GDP增长数字，最低的报6%，高的才7%。领导大怒曰："奶奶的，抄我后路不是?! 我向上面承诺9%，你们最低的只有6%，想把我拿下取而代之吗？"领导说罢，泣不成声，听者莫不面面相觑、心惊肉跳、战栗不止。第二天，所有上报的数字皆超过9%，长官破涕为笑，擦干口水说："孺子可教也！"

所以，统计数字你看不懂，千万不要自卑，说句实话，有些数字可能连统计部门自己也看不懂。道理很简单：有些数字根本不是正常手段弄出来的，你非要哭着闹着读懂它，就是跟自己过不去了。其实，有些统计数字根本不用看，更不用当真。比如，每当统计部门公布工资增长多少多少后，许多人就会对照自己的腰包，觉得"被"增长了，很愤怒。其实，人家只统计了那些收入一直在默默增长的人，根本没有下你的米，出于好意，为了鼓舞你的信心才把你算进去的，你着什么急？只当"被"流氓撞了一下腰吧。

OK，就用这种态度对待统计数字吧，你会突然发现：原来还是自己的感觉是最真实的，它胜过一切统计数据，那就任凭统计部门的人跳钢管舞吧。套用今年春节某小品中的那句名言：老百姓永远感谢你们，感谢你们八辈祖宗，做鬼都不会放过你们的。

【选自2009年12月2日搜狐博客】

西天取经真相(孙悟空采访实录)

时寒冰

寒冰：孙悟空老师，首先非常感谢您在百忙之中接受我的采访！

悟空：千万不要称老师！"老师"这个称谓曾经很神圣，但现在妓女见嫖客都叫"老师"，您还是换个称谓吧，就叫我"大圣"好了。

寒冰：好的。大圣先生，《西游记》开篇，说您是从仙石中迸裂而生，是真的吗？

悟空：这是一个谎言，是无视最起码的生物学、生理学常识而编造出来的一个谎言。您想想看，石头再怎么灵通，怎么可能化为生命？……实话告诉您，我的父亲叫李刚。

寒冰：李刚？

悟空：是的。他到现在都还没有现身，但我知道，他一直在暗中默默地保护我、提拔我。在我没有任何资历的情况下，让我担任了弼马温；在我偷吃蟠桃、大闹天庭，打碎无数文物、器物的情况下，我没有承担任何民事责任，只是被判了五百年有期徒刑，在闻名天庭的风景区服刑，享受五星级服务，实际上是把我给保护起来。您不妨对比一下，猪八戒比我的罪轻多了，只是酒后调戏了一下嫦娥而已，却被玉帝"打了二千锤"，从天蓬元帅这一正部级高官位置上贬为庶民，又有人暗中做手脚，修改了八戒投胎的时间节点和程序编码，导致误投母猪胎，惨遭一级毁容，落下终生残疾。再对比一下沙和尚，原本是在领导核心身边工作的卷帘大将，仅仅因为"在蟠桃会上，失手打碎了玻璃盏"，就被玉帝"打了八百，贬下界来，变得这般模样"，"又教七日一次，将飞剑来穿"他"胸肋百余下方回……饥寒难忍……"

　　寒冰：这简直是惨无人道的蹂躏啊！

　　悟空：是啊。因为他们的父亲不叫李刚，罪虽轻，必依法严惩。

　　寒冰：弼马温是个小官，也是照顾您吗？

　　悟空：这个我当初也是理解错误。弼马温是个闲差，您知道，天上的神仙都会腾云驾雾，就拿我来说吧，我会驾筋斗云，一个筋斗十万八千里。谁还骑马？因此，交通部门根本没有存在的必要，在天庭属于最无聊、最被边缘化的机构。但是，为什么还成立这样一个机构呢？主要是为了安排各级领导的子女、亲属，这些人大都是不学无术的家伙，安排到这样不干活的部门才不会犯错，而只要不犯错，就有理由提拔啊！这样，一方面让他们受锻炼，一方面互相结交，建立权贵圈，成为既得利益集团的一份子。当初我没有理解这种安排的深意，因此，才一气之下，离开了。

寒冰：您当初高挂"齐天大圣"大旗，玉帝派遣天兵天将缉拿您的时候，他们奈何您不得，奇怪的是，后来您闹天宫的时候，佑圣真君的佐使王灵官，只是一个站岗的中士，却与您"斗在一处，胜败未分"，这到底是为什么？

悟空：这里面有很多原因。李天王为什么先让巨灵神打先锋，而后让哪吒与我交战呢？这种安排的用意是，通过巨灵神的失败，衬托出哪吒的威猛，将来，李天王才好提拔自己的儿子，让他当接班人。在这种情况下，哪个天兵天将如果表现得比哪吒厉害，就是跟李天王过不去，就是拆李天王的台啊！再说了，天庭上下，腐败得乌烟瘴气，几乎所有的官职都是花钱买下来的，这些人经常吃喝嫖赌，鱼肉乡里，以捞回本钱，哪里会有战斗实力？

寒冰：当初玉帝承认您做"齐天大圣"的时候，您是怎么想的？

悟空：我当初以为那是一个很大的官，后来才知道，就是一拍手党首脑，相当于政协主席，摆设而已,每逢玉帝发表重要讲话的时候,就得面带崇拜的笑容,连续不断地拍手,手经常都肿着……奶奶的,那种苦,唉,不说了,早知道是这个,我才不当那个什么破"齐天大圣"呢?

寒冰:现在的管理学教材,把分配您去看蟠桃园,当成一个经典案例,认为绝对的权力必然导致绝对的腐败。您认为自己应该为蟠桃这一珍品的消失负责吗?

悟空:这是天大的冤案啊!或者说,这是一个天大的阴谋:他们为什么偏偏在蟠桃快成熟的时候,派我去看蟠桃园?为什么要在"蟠桃园右首,起一座齐天大圣府"?这些时间节点如此巧妙,难道仅仅是巧合?

寒冰:您能详细讲讲吗?

悟空:OK。蟠桃总共有三千六百株,前面一千两百株,三千年一熟,人吃了成仙得道,体健身轻。中间一千两百株,六千年一熟,人吃了霞举飞升,长生不老。后面一千两百株,九千年一熟,人吃了与天地齐寿,日月同庚。这些蟠桃被口口声声说成是属于天庭全体神仙、神民的,却只是供一小撮人享受而已。放下这点不提,我们不妨计算一下,三千六百株蟠桃树,每株结果至少一百个,多的好几百,即便以最低的一百个计算,总共也有三十六万个蟠桃,我一天最多吃十个，全部吃完需要三万六千天，折合快到一百年，而我在那里总共做了两、三个月，蟠桃就没有了！而且，我尽职尽责了很久，才想到吃桃子，即使吃，也是"三五日一次"。怎么可能吃掉所有蟠桃呢？

寒冰：是啊，这是有点奇怪啊！

悟空：问题也恰恰在这里。有人知道我会偷吃蟠桃，故意把我放在那里，甚至把齐天大圣府也修在那里，而且，将蟠桃的养生功能再三对我强调。这难道不蹊跷吗？目的很简单，就是诱导我吃蟠桃，然后，他们可以自由自在地偷抢更多的蟠桃，而把罪责全部推到我身上。真是用心何其毒也！大腐败分子之所以喜欢任用小腐败分子，都是这个道理啊。都怪我，当初因为太紧张了也没有算一下，就慌慌张张地逃了，背下这口大黑锅。而且，这里面还藏着一个大阴谋！

寒冰：什么？

悟空：物以稀为贵。蟠桃一旦被消灭，其他养生的品种就飞涨了，就失去了竞争压力。因此，我常常会不由自主地想到那个炼丹的老头——老君，他的丹药空前抢手，比"蒜你狠"、"姜你军"、"豆你玩"、"糖高宗"、"苹什么"要疯狂多了，而且，顺利实现了整体上市。

寒冰：您三打白骨精，您师傅"再不要你做

徒弟了"，甚至发下了堕"阿鼻地狱"的狠誓，您是否认为师傅对您太过分了？

悟空：我当初也是那样想的。但现在想通了，他有难处啊，白骨精是一个草根妖精，没有后台，而后面的妖精基本都有强大的后台，一旦这样打下去，万一打错了，得罪了后台老板，我师傅也是吃不了兜着走。难啊！他通过那种绝情的方式告诉我：凡是胡作非为、恶贯满盈、嚣张跋扈的妖，都有很深的背景，得学会妥协啊，反腐跟调控房价一样，就是跳钢管舞，给不明事实真相的人看的，不能动作太大啊。唉，莫大的天庭，其实就是一个黑社会：每当我的金箍棒举起，准备行刑时，总会有各种不同的高官跳出来，高呼："大圣留情，那是俺的人！"，甚至连作案证据都要走，"大圣，那宝贝也是俺家的！"父亲叫李刚的人多了了去了。我常常很无语啊。

寒冰：您怎么看那些妖精、妖怪？

悟空：妖精基本都有后台，妖怪基本都是草根。而且，很多妖怪根本不是妖怪，有的是因为拆迁被驱赶出来的农民，有的是因为长期食用有毒食品、转基因食品变得面目狰狞，像妖怪了。而天庭的人每天吃特供食品，就不会变成妖怪，最多因为心术不正，妖气太重而变成妖精。但天庭常常妖魔化那些草民，然后再以打黑除恶的名义干掉，消除天庭的不稳定因素。

　　寒冰：很多人不理解，您的"如意金箍棒"，重一万三千五百斤，为什么那么多的妖精、妖怪都能用兵刃轻易挡住呢？

　　悟空：唉，那个重量是不实的，是龙宫统计部门给出的数据，您想想看，统计部门的数据除了日期之外有真的吗？另外，那个所谓的"如意金箍棒"其实就是一个拉细钢筋的模子。龙宫建设部门为了贪污建设项目资金，比照这个模板把钢筋拉细，拉细到"上抵三十三天，下至十八层地狱"，以至于我拔下金箍棒，整个龙宫都在摇晃。吃回扣吃到对自己都那么狠，把工程做得劣质到那个程度，我很无语啊。

　　寒冰：有一个现象我很不理解，您在遇到妖怪、妖精的时候，多次自报家门，说自己是五百年前大闹天宫的孙悟空，那些妖怪、妖精为什么不仅不害怕，反而气焰更嚣张了呢？

　　悟空：是啊，这个问题也困扰我很久。取经回来后，我翻阅了过去的报纸，查到有关我大闹天宫的报道，才明白了真相。大闹天宫那一天的报纸是这样报道的：花果山一自称孙悟空的精神病人，逢人便声称自己是"齐天大圣"。此人经常抢夺行人财物，调戏妇女，还占道经营，扰乱城市秩序，引起广大天庭群众的强烈不满。本着人道主义考虑，天庭有关部门多次组织居委会老大妈做其思想工作，但劝阻无效。而后，城管大队长二郎神亲自前往做说服工作。没想到，这位精神病患者竟然对人民的好城管大打出手，二郎神的细犬忍无可忍，照其腿肚子咬了一口，又扯了一跌，其他城管队员一拥而上，将这名精神病患者送到了收容所。天庭群众敲锣打鼓，为城管大队送去了鲜花和锦旗，盛赞他们是天庭人民的守护神……

寒冰：看了这篇报道，您当时是怎么想的？

悟空：历史是胜利者写的，这话说得一点都不假啊。早知道那些妖精看到的报道是这样的，大闹天宫的事我连提也不提了。

寒冰：不是有网络吗？难道没有人公布出来？

悟空：都被屏蔽了。天庭组织了庞大的网管队伍，遇帖必删。惹急了连人一块屏蔽。

寒冰：还有一个很重要的问题请教您，您一个筋斗就十万八千里，几个筋斗就可以见到佛祖，把经取回来，为什么还要长途跋涉，费那么大周折呢？

悟空：西天取经是天庭和唐朝廷共同合作的重大文化工程项目，开出了巨额财政预算，如果我带着 U 盘，翻几个筋斗就到西天把经书拷贝下来了，这经费怎么花完？各级官员怎么以此名义互相请送？所以，小事必须按照大事做：成立了西天取经领导小组，我师傅任组长，我跟八戒、沙僧、白龙马是常委，聘请了十万八千名顾问……没有困难，我们殚精竭虑地去寻找困难、创造困难，也要迎着困难上。天庭百姓穷得叮当响，但天庭政府富足得满地流油，钱怎么也花不完，我们不得不雇人帮助花钱，有时候还开假发票，最多的一个月，我们弄了五千一百七十张虚假发票，套现一亿四千二百万，还是用不完啊！

寒冰：这样折腾就是为了花钱啊！

悟空：是啊。不花钱自己的腰包怎么能鼓起来呢？凡是我们要到达的地方，当地政府都重修道路，哪怕是刚刚修好的，也好再修一次，一方面趁机拿回扣，一方面表明对取经这一重大工程项目的重视，迎合上面的想法。不仅如此，我们每到一个地方，当地的领导就携带家属迎接，大摆筵席，其实，我们师傅几个能吃多少？但他们一报账就是天文数字。有的还趁机出国旅游，一路送我们，有的从出发地开始，一路送了一万多公里了还不肯回去，最多的时候九千多官员携带家属送我们，所到之处，寸草不生啊！

寒冰：他们是要为出国旅游找个名分吧？

悟空：是啊。他们彼此还互相送贵重礼品。自己买礼品留用，属于贪污，但送给别人，叫正常业务招待。互相送,既得了钱物,也规避了风险。其实,我们很讨厌这种应酬。我与那些贪官污吏握手,最多的一天,把我手上的猴毛都磨没了,后来,我用金箍棒变了一双手套,结果,手套也被磨光了,再变回金箍棒的时候都不好使了,以至于影响了战斗力。每当回忆起那些日子,我都忍不住很痛心,您说,好端端的人一说变成畜生,咋那么快呢?

寒冰:……

悟空:唉,实在不愿意说下去了,以后再聊吧。Bye!

【选自 2010 年 11 月 10 日新浪博客】

民之伤，民之泪

时寒冰

行政对菜价的强力打压，终于产生明显效果：菜价暴跌，菜农哭天无泪，一些青菜被迫丢弃。有关部门表态帮助农民卖菜，但他们解决这一问题时的能力，显然不及当初打压价格时生猛。

我询问了家乡的情况：化肥比去年上涨20%多，种地成本大大增加。所有菜农全部亏得血本无归。今年严重干旱，我家里的那点土地已经浇了几次水，且不说这些成本有多少，这仍不能阻止粮食减产的大趋势。我父母的估计是，今年要减产30%以上，浇水少的，减产会更多。在我的故乡，一个最直观的结果是，往年卖粮食的，今年都不敢卖了。

但是，物价上涨如火如荼。农民的收入低，根本无法维持生活。在我的故乡，六十岁以下的人大部分都外出打工了，他们必须通过这种方式来维持基本的生活。

母亲对我说："如果不是你们兄妹三个都有工作，我和你爸都去打工了。"

……

不知道该如何表达我的心情！

即使到了这个时刻，当我坐下来写下这些文字的时刻，我仍不能控制自己的悲伤……不能自抑……

我的父母亲已是六十多岁的人……

在我的故乡，那么多如同我父母亲一样的人，在外打工，甚至逃荒要饭。在经历几十年的发展后，那块生我养我的土地，依然在亲历苦难。我无意给歌舞升平的氛围添堵，只是想说，在一个遥远的我很熟悉的地方，那里的情况与电视画面中的情景，是有天壤之别的。

在中国，基层的农民很难有话语权，他们的利益诉求无人问津。鲜有人代表他们说话，包括那些被冠以农民代表的人。农民被高度边缘化。没有人有求于农民，因为，权力是衍生而来的，与他们无关。因此，权力持有者无需讨好农民，最多给他们来一点生动的表演，安抚一下他们悲凉而无助的内心。

由于缺少制度性保障，粮价、菜价上涨，中间商、距离权力最近的人获利丰厚，农民只是赚取最微薄的一点；当粮价、菜价下跌，中间商、距离权力最近的人消失得无影无踪，农民受损最重。

民之伤正在于此。

农民所遭遇的问题，不仅仅是民生问题，当他们虽勤劳一生而心无所归之时，粮食的安全保障在哪里呢？——当民生话题不断引起一些人越来越强烈的反感时，我不得不从一种很理性但也很冰冷的角度去谈这个问题。

我想说的是，一切因都将收获对应的果。

蔑视民生的结果必然是被民生所蔑视。

如果说，2010年三季度后的粮价、菜价快速上涨，经过这次组合拳的打压还能有效的话，那么，在下一个时间点，几近用尽的行政力量，又将如何应对更疯狂的物价上涨呢？

中国3月的广义货币供应量余额已经高达惊人的七十五万八千一百亿元，这是一切物价上涨的根源。

如果不对货币的供应量加以控制，任何对物价的所谓打压，只能是以牺牲一部分民众的利益来满足另一部分民众的利益，而不能真正做到公平。打压菜价如此，加息亦如此。2008年上半年六万多家企业倒闭的情景正在被复制。靠高利贷维持运转的民营企业在加速走向困境，至于那些靠借美元债务维持的企业，更是在快速走向不归之路。

尽管，都知道抑制货币迅猛地供应是唯一有效的选择，除此之外的一切手段都不可能产生实质性效果，但庞大的政府主导的投资已经全面铺开，货币供应又怎么可能受到抑制呢？

当七十五万八千一百亿元的数字公布出来，我第一次感到了强烈的震撼，同时，升起对货币高速贬值的本能的厌恶。

　　我担忧的不是个人购买力的下降，而是我们这个庞大经济体未来的命运，因为，以上所有的这一切因素和大家都懂的因素，都在指向一个方向，一个结局。这是作为趋势研究者的痛苦之处。提前看到了结果，而无任何改变之力。很多人说我悲观，可是，如果您也看到了趋势的演变，就会知道，我已经是何等的乐观！

　　中国能够实现自我救赎的惟一路径是藏富于民，只有藏富于民，民众才有足够的消费能力，才能从根本上解决中国内需屡拉不动的根本问题，消化过剩的产能；只有藏富于民，才能弥补保障缺位留下的巨大缺口；只有藏富于民，中国才能真正具有实现自我修复和抵御未来危机的能力，才能真正保持可持续发展，才能真正实现社会的和谐。这也是近年来我一直苦苦呼吁的原因之一。

　　但现在，我越来越觉得无话可说了。

　　有关部门还在为个税免征额的问题讨论，在讨论中把时间继续后移。个税起征点的提高对民众不是一种施舍，而是权力者实现自我救赎的修补性方式。

　　在物价持续飞涨，继房价之后，房租又连续上涨让无数人心神难安的情况下，有关部门还在盯着工薪阶层一点可怜的工资不放，他们在个税起征点上的吝啬和冷血，让我感到难以遏制的愤怒。我在《中国怎么办——当次贷危机改变世界》一书中写过："1981年职工平均工资约为每月六十元，而起征点为八百元，大约为月工资的十三倍还多。如果比照1981年的比例，现行的个人所得税法，把起征点定为两万四千六百元以上才更具有合理性，才不至于沦入不到两年起征点标准就显得过低的困局。"

而当下，竟然还在为三千元的所谓起征点提高而苦苦讨论。有关部门担心由于个税起征点的提高（确切表述应为免征额的提高）会影响对社会保障的投入，这是最可笑的一个借口。把财富直接留到民众手中，是没有任何损耗的，而征税再用到社会保障的过程中的巨大损耗，哪里会有直接藏富于民、惠及民生更有效率？

虽然，我越来越觉得无话可说，越来越不愿意讲话，但与很多人一样，我的心不是静止的，我的血也不是冰冷的。有关部门不要把民生当作一种施舍，这不仅是一种可耻的无知状态下的情绪错位，更可能将自己推向绝境从而丧失解决问题的仅存的为数不多的机会。

民之伤，不仅仅是民之泪。

愿苍天垂怜弱者！

【选自2011年搜狐博客，有删节】

畸形走廊

时寒冰

郭美美事件不仅名震大江南北,并且冲出亚洲,走向世界——著名的《纽约时报》也刊登文章,向全球读者介绍此事。

或许,郭美美是近十年来最有资格被载入史册的人之一。

郭美美的真实是如此令人震撼。

在这个高度物欲化的世界里,拥有那样的生活,至少在郭美美本人看来,已经达到了一种他人难以企及的境界——无论这些财富的获取是多么的黑暗和肮脏。

在这个信仰和道德亟需拯救的时代,精神层面的追求几乎完全被物欲层面的追求所替代,"唯物"已成为畸形社会的共识。"唯物"的表面意义是"只有物",这难道不是在潜意识中被普遍接受的定义吗?

与郭美美的高调相比,一些心智成熟的人则是相当低调的。比如,貌似佩戴百达翡丽的成功人士,会严肃地宣布自己从来没有这种手表,甚至根本没有听说过这个牌子云云。当然，这并不稀奇。正如人们经常看到的贪官污吏，明面艰苦朴素，暗地里却敛财万贯。

从本质上来说，他们跟郭美美同属于在物欲方面达到某种境界的成功人士，但郭美美以近乎无知的真实展示了自我，而那些人却拼命地掩盖。

郭美美事件让人们了解到，原来人们十分虔诚信任的红十字会是个套装，除了红十字会，还有商业红十字会，还有很多依托着红十字会成立的各色的机构，还有更多不为人知的秘密。于是，很多人们看不到的东西相继裸露出来。

我要说的是，这个世界上，最不能伤的是善心人士。因为他们是这个物欲极度膨胀时代的最后坚守者，他们忍受着内心的伤痛努力地改变着这个世界。由于他们的存在，很多人看到了希望。但是，这些人的善款用到了最需要救助的人身上吗？按照国际通行的慈善原则，捐赠者有权决定更有权知道自己所捐赠钱物的流向。

恰恰是这最至关重要的原则，在某些地方被无情地抛弃。

事实是，不仅一些靠近权力的人可能成为暴富者，一些靠近官办慈善机构的人也可能成为暴富者。郭美美不是距离慈善机构最近的人，甚至可能不是直接靠近慈善机构的人，却也成为受益者,过着一种穷奢极欲的生活。

如果郭美美生活在一个有信仰和道德追求的世界,她一定不会因拥有不义之财而欢呼雀跃;如果郭美美是熟悉这个畸形社会潜规则的老奸巨猾之徒,即使她内心为拥有不义之财而欢呼雀跃,表面也一定不露声色,而是以朴素的亲和力展示给世人。

我最怕的是,郭美美事件让那些硕鼠从此学会了低调,使得更多的丑恶被遮掩,让人们再也看不到真相。因为,这让恶人变得更加谨慎和狡猾。

从这个角度来看,人们对郭美美事件的强追猛打不是坏事,当郭美美的男友也出现真假美猴王时(真正的焦点所在),这出闹剧就真正达到了高潮。但是,力量还应该用到正地方:促使制度的建立!单就慈善机构本身而言,就是推动善款用途的透明化,有关机构应该公示收到的每一笔善款和每一笔善款的最终流向——如果能够做到这一点,则郭美美无疑是中国慈善事业的功臣。从大的方面来看,应该推动整个社会民主、公平、公正、透明制度的建立。做到无论靠近权力多近的人,都不能从中渔利;无论多么无助的人,都不会被遗忘,都能得到爱心的呵护。这当是真正意义上的和谐社会。

·当代合集之八·

当后人考证这个时代,如此戏剧般的事件作为这个时代的标志,或许会成为被他们加以重视的唯一特征。许多以物欲为最高追求的人,像郭美美那样,在畸形的走廊上,留下自己的魅影。

【原载 2011 年 8 月(下)《杂文选刊》】

蝗虫经济学

陈 仓

蝗虫,俗称蚂蚱,属于昆虫,口器坚硬,前翅狭窄而坚韧,后翅宽大而柔软,后肢发达,善于跳跃。蝗虫能成群远飞的叫飞蝗,不能远飞的叫土蝗,他们吞食庄稼,吞噬草原,是破坏力极强的害虫。

在蝗灾严重的时段,蝗群犹如龙卷风,千里奔袭,遮天蔽日,所向披靡,所经之处,庄稼、树木、草场一片狼籍;蝗群能扑倒小家畜,甚至能扑倒人,活咬生吃人畜。蝗虫虽然厉害,也有它无法超越的生死规律。蝗虫繁殖力很强,破坏活动与繁殖力成正比,但是,其吃光吃净的本性,使其在破坏了植被资源后因饥荒而成群饿死,老蝗虫们在食物丰富时往往因贪得无厌,暴饮暴食,荒淫无度而速死。蝗虫吃的是别人的果实,哪里有好吃的就往哪里飞,侵占的是别人的"产权",其行为无节制、无规矩,不考虑可持续增长,不顾忌后果,是典型的"短期行为"。这便是蝗虫生物圈里的"经济规律",甚至可以称为"蝗虫经济学"。

　　二十年前，在国有经济内部，关于行业优势、企业效益或工资福利水平有一个说法："一工交，二财贸，勉勉强强文卫教。"四十岁以上的人都亲眼目睹了"工交战线"、"财贸战线"的盛衰。一个大企业就是一个小社会，除了火葬场，什么设施都有；除了军队和监狱，啥机构都有；一个人在大企业工作如同进了保险柜，职工及其家属子弟都在享受企业的实物或潜在福利，大企业的工资福利好得令人羡慕。在工交企业兴旺的年月里，有特权有关系有门路的人千方百计地往大的工交企业钻，于是，一般的万人大厂则有三五万张口都吃该企业，地方上一切花钱的事都摊派到企业身上，企业里养着许多"吃皇粮不干事"的"土蝗"，企业外边围着一帮有权力的"飞蝗"。各种"指示"、"条子"、"电话"以及摊派、赞助、集资、收费、罚款都盯着效益好的工交企业，吃跨一个再撑着吃另一个。大约五年左右，工交企业元气大伤，并开始整体滑坡。

　　在"工交战线"走下坡路的同时，以商业、物资、粮食、外贸为龙头的"财贸战线"由于"价格双轨制"、物资贸易渠道垄断权等条件而红火异常。各单位猛发奖金实物，大量分发日用消费品，甚至发彩电、冰箱等大件消费品。这些单位的职工住房、办公楼、"培训中心"、宾馆、汽车等等都是一流水平。有的人"过年只需要买一袋盐",有的连盐都是配发的。流通企业内部的腐败和投机行为使其好景不长,不到五年,物资流通行业整体垮了,"蝗虫"们只是埋怨"体制"或"机制",从来没有忏悔自己的蝗虫式的短期行为、自残行为、掠夺行为。

"蝗虫"们锁定的第三批目标是电信、邮政、金融、电力、铁道、民航等垄断经营的"服务行业"。铁道有"铁老大"的威名,电力电信行业早就有"电老虎"雅号,金融机构曾被列为"企业身后五只狼"之一。另外,飞机票价和电信资费过高的问题始终没有解决彻底。这些行业使有特权的人趋之若鹜,普通老百姓恨之入骨的蛮霸行业。尽管"虎狼行业"高居经济"食物链"的高端,但无法克服强大、霸道、寄生等特性附带、诱发出来的弱点。内部"土蝗"们的低效率、高消耗以及行业性"大锅饭"式的分割、浪费、瓜分、侵占,非法的贪污、挪用、盗窃行为,外部"飞蝗"的腐蚀、制约、敲诈勒索。这些行业内部存在的不利因素正在迅速繁殖之中,如果不下决心改革,工业企业的前天、商业企业的昨天,便是他们的明天。成熟的市场经济必然会将信用差、服务差、缺乏风险意识和风险防范能力的"二大爷"企业淘汰出局。海尔总裁张瑞敏先生说的最好,"海尔离垮台永远只有一天"。

说到金融服务业,不能不提股市和"彩市"。上市公司的先天不足和后天怪病,机构大户的违法犯罪活动,放大、加剧了股市的固有风险。股市行情与宏观经济形势、财政金融政策和企业效益"三不挂钩",其根源之一是上市公司与股市内外有"蝗虫"作乱。仔细看看出事的上市公司,哪个没有被"土蝗"或"飞蝗"袭击过?由西安"宝马彩票案"、深圳"彩世塔案"暴露出令人惊讶的风景:彩票与蝗虫齐飞,公证与欺骗比翼。股市和彩市在成长期就遭受"蝗灾",经济损失或许可以弥补,但社会公信力的惨重损失是很难挽回的。

"蝗虫"们正在蚕食的是土地、矿产资源、医疗卫生、国民教育体系等公共资源、基础产业、基础设施。目前,频繁发生的非法圈占耕地、强制拆迁、矿难、"医药腐败"、"教育腐败"的后边都有"蝗虫"们的活动,其手段更恶劣,更卑鄙,更隐蔽,有些做法甚至赤裸裸到连"贞节牌坊"都不要的程度。不仅如此,某些蝗虫正在以"执法"的名义扑向正在成长中的民营企业。许多民营企业家呼吁立法保护,争取在社会团体挂职带衔,甚至举家移民,大量转移非经营资本等做法说明一些地方的"投资环境"不容乐观。有一位法学家说得很透彻,"恶劣的法制环境不适合人类居住,更不利于企业成长"。

"蝗虫"屡屡成灾的原因主要有两个方面:一是国有或民营资产产权缺乏强有力的保护,半潮湿半干旱的边缘地带易生"蝗虫";二是"蝗虫"有"自我授权"的"职务之便",想吃谁就吃谁。如果不限制行政立法权、决定权,"土蝗"可以自定政策吃别人,"飞蝗"可以跑马圈地,以制定规章制度的手段控制或掠夺资源,以"检查"的名义或"借职务之便"敲诈勒索。

【原载2004年7月(下)《杂文选刊》】

泛滥的谎言

陈 仓

真话日益稀缺,谎言日渐泛滥,泛滥到灿烂的地步,于是,谎言披上了华丽的外衣,以华丽冒充美丽。

高仿:"高度仿真"的简称,时下用于替代"赝品"、"假货"等不雅称谓。有笑话说,中原某县县长问本县卷烟厂厂长:"你老给我送软中华,都是真货?"厂长说:"咱自己厂子生产的,上好烟丝,精工仿制,岂能有假?"县长大笑。某日,独自逛古玩店,见一柄锋利无比的古剑,篆书"越王勾践自用剑",做工精良,做旧逼真,品相极佳。问店伙计古剑来历,伙计说:"民间收来的,好东西,价格有点高。"我问:"你知道越王剑的来历?哪个博物馆藏有几把出土的越王剑?"伙计一时语塞,店主忙上前答话:"先生好眼力,这是高仿的,工艺绝对好,你先出个价。"我放下了假古剑。最近,陪朋友购买字画,发现多家画店悬挂标价很低的名家字画,朋友问:"是真迹吗?"答曰:"高仿的,三百元一件,真迹要价八万。"朋友愕然，不敢贸然购买。目前，赝品不说赝，假货不说假，一律叫做高仿，明确告诉你，这是假货，但假冒不伪劣，功能性状与真货无异。

优质：原指品质优良的商品，现在仅仅暗示货物质量过关，或者质量不坏。有笑话说，一假大款上大饭店吃饭，服务员请点菜，假大款问服务员，八斤重的螃蟹有没有？没有！十斤重的甲鱼有没有？没有！一个头的鲍鱼有没有？没有！优质面汤有没有？没有！普通面汤有没有？有！那好，那就来一碗普通面汤。"优质"一词滥用日久，许多商品的优质与普通并无太大差别，优质往往作为涨价的一种借口。

美女：本来用于称呼绝色女子，现在广泛用于称呼"女同志"。靓女粤港味十足，北方人不习惯使用，服务业逐渐变靓为美，"美女"一词填补了"小姐"这个雅词被娱乐业用坏造成的空白。"美女"一词日益普及，竟成高频、流行、滥用词汇。

资深：原来指资格老、有经验、贡献大，现在用于替换许多人忌讳的"老"字。老记者、老编辑、老员工、老工程师改称资深记者、资深编辑、资深员工、资深工程师，于是，老太太不能叫老女人，也不能叫资深老太太，叫"资深美女"，暗示老太太曾经美丽过。

批评：原来指发现问题，指出问题，多为非

表扬型意见，现在已经变味，批评，批评，就是以表扬为主的批发式的评论。批评潜规则为：当面说好话，背后说坏话；圈内说好话，圈外说坏话；给钱说好话，不给钱不说话。

推广：成了"广告"、"推销"二词的替代词汇，意思是广泛推销，广泛推介，广泛传播，以替换人人讨厌的虚假广告、虚假宣传、强行推销、人情传销等销售行为。

经济型：原指经济实用型产品，现指凑合能用型过渡产品。所谓经济型，就是将定型产品保留原品牌、款式和外包装，降低配置，压低档次，精简内容，附加"经济型"或"改型"产品说明，降价促销，牟取暴利，实属假冒伪劣，不合格商品。

欢迎监督：监督与被监督本来是一对不可调和、利益对抗、情绪对立的矛盾体，被监督方出于无奈，为讨好监督方做出虚假表态，内心深处则希望少监督、不监督、空监督、虚监督，监督者与被监督者交"朋友"。

巴金老先生生前反复呼吁"说实话"，还有多位伟人号召说实话，然而实话依然如同稀有金属，原因何在？经济学告诉我们，"经济人"总是趋利避害的，会不会是说假话有利，说真话有害呢？

【原载 2007 年 12 月 17 日《西安晚报》】

诸葛亮可以不斩马谡

陈 仓

蜀后主建兴六年（公元228年）诸葛亮为实现统一大业，发动了一场北伐曹魏的战争。他任命参军马谡为前锋，镇守战略要地街亭。临行前，诸葛亮再三嘱咐马谡："街亭虽小，关系重大，它是通往汉中的咽喉。如果失掉街亭，我军必败。"诸葛亮指示他"靠山近水安营扎寨，谨慎小心，不得有误"。马谡到达街亭后，骄傲轻敌，不按诸葛亮的指令依山傍水部署兵力，不听副将王平劝阻，一意孤行，终致大败。诸葛亮总结此战失利的教训，痛心地说："用马谡错矣。"为了严肃军纪，诸葛亮下令将马谡革职入狱，斩首示众。最近，再读《三国》，我突发奇想，假如诸葛亮能够灵活变通一下，就可以让马谡活下来，保不准官复原职也是可能的。

胜败乃兵家常事，败一仗，斩一将，天长日久，自己岂不成了孤家寡人？马谡在悔过书中说："丞相待我亲如子，我待丞相敬如父。"对自己人网开一面，特事特办，保存实力，实属可以理解的人之常情。诸葛亮可责令马谡向全国全军道歉，争取大家的谅解，然后，给他另派任务，将功补过，马谡必然会对诸葛亮感恩戴德，忠心耿耿。

如果道歉不足以消除负面影响，诸葛亮可以责令马谡公开检讨，检讨书一式三份，一份报后主刘禅，一份报诸葛丞相，一份抄送赵云。提交检讨书以后，马谡可私下拜访赵府，托赵云到后主刘禅那里说情，赵云是刘禅的救命恩人和四叔，马谡是诸葛亮的铁杆，刘禅一定会给老将留面子，做个顺水人情。只要刘禅在检讨书上批示：认识深刻，免予处罚。这起严重责任事故就摆平了。

如果检讨不能堵众人之口，诸葛亮可以对马谡作出停职检查处理，并通报批评。通报批评文件上不要写明停职检查的时间，一旦有任务，停职检查便告结束。停职检查是一种进退自如的处理方式，好就好在一个"停"字上，仅仅是暂停日常工作，并不是免职。没机会出来工作，可以停久些，工作需要就要顾全大局。

如果停职检查不能消除王平等耿直人士的愤怒，诸葛亮可以对马谡给予警告、严重警告，或者记过、记大过处分。这类处分实质上是一张纸，既不降低政治待遇，也不减少经济收入。

如果赵云等高级将领对马谡自作主张造成的败绩要追究责任，不依不饶，诸葛亮可以在自己权限内给予马谡调离、降级、开除留用、保留军籍,以观后效。只要马谡在职,就有重新工作东山再起的机会。大家不是说马谡善于"纸上谈兵"吗?搞教学科研说不定还是个大材料。

如果后主刘禅对马谡违令兵败的问题抓住不放,指示刑事审判,诸葛亮可以多方面做工作,争取"判三缓二",然后再争取"监外执行"。如此,马谡虽然丢了官,但保住了公职和饭碗。如果刑部判马谡死刑,一定要想办法缓期二年执行,死缓改无期,无期改有期,有期改监外执行。马谡跟自己出生入死,一定要做到仁至义尽。先主刘备在时曾经多次强调指出,我们办事的原则是"天理、人情、国法、家规",这是汉王朝的光荣传统,不能丢。

假如诸葛亮是个政客的话,他一定会按上述套路保马谡。于是,我只好否定自己的奇想,因为诸葛亮是个善于自省、光明磊落、勇于担责的政治家,因此他坚持处罚原则,挥泪斩马谡,多次以用人不当为由,请求自贬三等,一品丞相降为三品右将军,留下美名。

【原载 2008 年 1 月 22 日《西安晚报·副刊》】

"运动治"简析

陈 仓

迄今为止，无论是理论界，还是实务界，关于公共政策模式和社会治理方式，仅有人治与法治之分，而且普遍认为，法治优，人治劣。其实，还有一种比人治更坏更危险的治理方式，就是搞运动，我们不妨称之为"运动治"。

从社会学角度看，社会运动的发起者有民间与官方两种主体。民间运动主要是革命、暴动、抵抗、抗议、诉求等与官方治理相对立的行为，多数属于反管制的群体行为。官方是社会治理主体，需要效率、公平和正义，更需要秩序、稳定与和谐。正常情况下，官方依靠官僚体系实施人治，或依靠法治体系实施法治，不需要动员社会力量搞运动。非正常情况下，官方发起的社会运动与公共治理有关，符合自然规律、经济规律和人道，满足人类诉求，有序可控的官方运动对经济社会发展有推动作用，如体育健身运动、新文化运动、新生活运动、乡村建设运动、学雷锋运动等；相反，轻则引起大折腾，重则酿成人祸。

大折腾如大炼钢铁、夏秋植树、强迫命令与深翻土地、"官倒"与全民经商热、大拆大建大广场与地产热等；人祸如反犹、反共、肃反、大清洗、义和团、"文革"等等。世界上许多人间惨剧和历史经验告诉我们，"运动治"的效果往往比人治更糟，因此，我们有必要深思并认清对"运动治"的本质特征及其内在规律，以预防和制止"运动治"的发生。

"运动治"的表象是全民动员，万众一心的群众运动，其实质是人治的一个变种，是比官僚体系人治更危险的寡头极权式人治。许多"运动治"是由个别人，或者小集团以民族大义、阶级立场、群众利益、群众需要、造福于民为名，妄称全体民意，迎合部分民意，或假托天意民心，或强奸民意，或"运动"民意，或造谣惑众，或欺骗群众，或煽动仇恨发起的"运动"群众。攫取并利用民意，不但可以动员巨大的社会力量，任意支配社会资源，任意劳民伤财，而且使各种别有用心的"运动"获得了民意合法性，并具有为所欲为的条件。"运动治"可以使政治寡头获得巨大的权力、利益和声誉，并走向其高调说辞的反面。

"运动治"最容易在贫穷、落后、动荡、封闭，法治不健全，社会矛盾尖锐、边缘人口较多、社会结构失衡的地方发起。自然灾害、民族危机、经济危机、战争、大规模骚乱等非常时期最容易发起"运动"和"运动治"。在特定地点和特殊时间内，一旦出现具有强力意志，且权力不受限制的铁腕人物，很容易实行激进的，甚至十分极端的"运动治"。在法治国家或地区，由于有强有力的法律体系与权力制衡，强权人物只能在法律体系内发挥有限的作用，极难发起"运动治"。

在人治传统深厚的地方，特别是以法制为工具，而不是社会契约的"法律之治"下，在尚未建立良法善治的地方，民主可能成为强势人物"运动"群众的手段、口号与形式，"法治"可能成为强权人物滥用的"运动"工具。当铁腕人物拥有支配一切，掌控一切的能力，且没有独立运作的司法体系，没有健康的舆论监督时，"运动治"势必会成为脱缰野马，以正义的面孔行不义，以群众私刑或打群架的方式整人杀人，以民众的名义祸害民众，将许多不明真相，无可奈何，难以自拔的人卷入运动狂潮，使无力抵挡，又无法独立自主的人"被运动"。

"运动治"是某些运动偏好者、错误观念坚持者、激进者、急于求成者、急躁冒进者、急功近利者、机会主义者、形式主义者，特别是有早年极端运动经历者成为领导者之后的一种思维方式和治理习惯。"运动治"的行政模式必然出现借助行政力量，滥用社会资源，违背自然规律、科学原理、经济规律、法定程序，悖逆人性人道人情的妄行、肆意折腾和灾难性后果。

"运动治"的通常套路和主要特征是：控制舆论，大造声势，无限制地调动公共力量，无节制地支配公共资源，最大限度地动员社会力量，并制造对强权人物的崇拜、盲信和盲从；一人大权独揽、专横跋扈、任意决策、朝令夕改、无法无天；多个协助者"齐抓共管"，众人绝对服从，不允许有不同声音和不同意见；既定的民主决策与监督制约程序被合并，法定体制被架空，内控或制衡机制消失，日常分工负责的界限被打破，依法办事的格局被整合；成套的法规政策被标语化，政令口号化，组织行为准军事化，个人行为集体化，执行方式机械化，管理行为指标化；法定的作息制度被强行取消，职务行为与私人行为界限不分，私生活领域被强行介入或侵犯，甚至以崇高的名义强行压缩、牺牲、侵犯、伤害小集体和个人利益，破坏伦理关系，造成道德沦丧、人性扭曲。

在经济工作中，"运动治"那种毫无节制，狂热冒进，有张无弛，不惜一切代价，企图以有限力量和有限资源实现宏大目标的做法，必然遭遇自然规律无法抗拒性、经济资源"稀缺性"、社会建设渐进性、人的能力有限性等客观规律的制约，使空想落空，使强权者的想像力受挫，使浪漫主义遭遇悲剧，使梦想变成噩梦。

从历史经验和管理学角度看，"运动治"的治理模式只适合短期的"大兵团"运动战，而不适合经济长期的可持续发展，不适合缓慢渐进的社会建设，更不适合具有规范性、程序性、中立性和保守性的司法与执法工作。

【原载 2012 年 7 月（上）《杂文月刊》】

专家学者论说老汉骑驴

陈 仓

一个老汉牵着一头毛驴，领着孙子，走在黄土高坡上。走着走着，后边跟上来几个骑马考察的专家学者，他们与老汉攀谈起来。

经济学家说："老汉，买马有投资，养驴有成本，买马骑马，养驴骑驴，效益优先，有驴不骑，难道不是浪费吗？"

老汉觉得经济学家说的话在理，于是，骑驴行走。经济学家见状，面露得意之色，海归法学家却不高兴了。

法学家说："老汉，您孙子是未成年人，你是小孩监护人，你骑驴，让孙子走路，这样做既不符合国际惯例，也不符合保护未成年人权益的法律法规精神。"

老汉闻言，觉得很不好意思，立即下来，将孙子扶上驴。国学家见状，立即提出异议。

国学家说："老汉，你不要听他瞎说，海归派的那一套说法既违背中华文化传统，也不适合中国国情。百善孝为先！哪里有孙子骑驴，爷爷走路的道理？崇德明礼，弘扬五千年文明，要从娃娃抓起，你这样做，会把孙子惯坏的。"

孙子闻言，立即下驴，让爷爷骑。爷爷孙子互相礼让，都不愿意骑驴，最后，爷孙两个居然争吵起来，并止步不前。

社会学家见状，立即上前劝解。

社会学家说："效率优先，兼顾公平，统筹兼顾，全面安排，协商妥协，这是处理一切冲突的普遍原则。"

老汉闻言，不耐烦地说："麻烦！麻烦！太麻烦！你们几个老汉说的名词太复杂了，我一满害不下（方言：听不明白），到底该咋办？简单点，给个说法？"

社会学家说："你和孙子都骑驴。"

老汉闻言，先打量一圈诸位专家学者。老汉见诸位专家纷纷微笑点头，一致同意社会学家的意见。于是，先扶上孙子，然后，翻身上驴。

不料，毛驴不堪重负，翻倒在地，爷爷孙子和驴一起滚下山坡去。

众专家见状大惊失色，连忙下坡救人抬驴。

送别老汉二人，众位专家学者感到非常羞愧，自责不已。为此，一路沉思，没有发言的哲学家动议，大家立即在山坳上休息并召开现场反思会。大家面面相觑，一时无语。为打开僵局，经济学家请哲学家和政治学家谈谈对这件事的看法。

哲学家说:"专家无论多么精深,也是一洞之见的偏家;学者无论多么博学,所学毕竟有限。专家学者要明白自己在本专业和个人经验之外的无知。毛驴与骏马不同,各地风俗习惯也有所不同。专家学者如果以全知全能自居,不看对象,好为人师,不考虑他人资源、习惯和需求,不顾及风土人情差异,不负责任,跨界发言,高调评说,难免误导他人,铸成大错。"

政治学家说:"这件小事对我正在研究的改革哲学课题有一定启示意义。改革方案不能单纯依据一种理论搞单项设计,不能因为顾此失彼而来回折腾,反复折腾。改革、发展和进步要充分考虑得失、损益、公平、正义与风险问题,避免因共识破裂而无法前进,更不能在解决老问题的过程中制造新问题。"

【原载 2012 年 10 月 26 日《讽刺与幽默》】